무너지지 말고
무뎌지지도 말고

■ 일러두기

1. 이 책은 중환자실에서 겪은 실제 사례들을 바탕으로 썼다. 그러나 책 속에 등장하는 환자와 보호자, 의료진 등은 사생활 보호를 위해 이름을 밝히지 않았으며, 세부 정보는 재구성했다.

2. 이 책의 외래어 표기는 국립국어원 외래어표기법을 따랐다. 그러나 의료 현장에서 사용하는 일부 의학용어는 실제로 쓰이는 발음과 표기를 따랐다.

무너지지 말고
무뎌지지도 말고

이라윤 지음

생과 사의 경계, 중환자실 간호사로 산다는 것

문학동네

차례

2부

무뎌지지도 말고

프롤로그

불완전한 내가 아픈 당신에게

"울보." 사석에서 병원에 대한 이야기를 하다보면 매번 눈에 눈물이 고여 붙여진 별명이다. 간호사를 하기 전에는 생각지도 못했던 일들과 사연 많은 사람들을 안고 살아가다보니 눈물이 많아졌다. 삶과 죽음을 눈앞에서 겪어내며 무너지고, 때론 무뎌지기도 하는 나 자신의 모습에 울기도 했다.

당신은 어떤가? 오늘도 혼자 견뎌내기 버거운 일 앞에서 아무것도 할 수 없어 좌절했는가? 오늘도 실수하고 일을 제대로 하지 못한 것을 자책했는가? 오늘도 뉴스에 나올 법한 부당한 일을 겪고 속상해했는가?

나는 감당할 수 없어 몇 번이고 그만두고 싶었고, 도망치려 했다. 그럴 때마다 '무의미한 고통은 없고 이 모든 것을 겪고 나면 더 성숙한 인격을 갖춘 사람이 되겠지, 그럼 몸도 마음도 아픈 저 사람들을 내가 이해하고 간호할 수 있겠지'라는 생각을 하며 버텨왔다.

이 책은 대학병원 중환자실에서 5년 차 간호사로 일하며 내가 느꼈던 감정, 그리고 여러 상황을 겪어가며 성장하는 과정에 대한 이야기이다. 세상은 간호사를 때론 '백의의 천사'라 부르고 '나이팅게일'이라 추앙하기도 한다. 그러나 내가 겪은 간호사라는 직업은 그렇게 보람과 사명감에 둘러싸인 직업만은 아니었다. 불완전한 마음을 지닌 인간이 아픈 몸을 가진 인간을 만나 그를 돕고 돌보고 지켜보며 같이 아파하고 회복하는 일이었다. 그 과정에서 나는 때로 무너졌고 무뎌지기 위해 돌아섰으나, 사람을 대하는 이 일은 내 결심대로 되지 않았다. 이 책을 읽고 나처럼 완벽하지도, 단단하지도 않은 누군가가 위로받을 수 있다면 좋겠다.

> 아름다운 장미는 가시 위에서 피고
> 슬픔 뒤에는 반드시 기쁨이 있다
> _윌리엄 스미스

아름다운 장미처럼 가시 위에서 피어나기 위해 나는 오늘도 성장하는 중이다.

1부

무너지지 말고

애증의
관계

'애증' 하면 보통 사랑 애愛와 미울 증憎 자를 써서 사랑과 미움을 아울러 이르는 말을 떠올릴 것이다. 사랑하기도 미워하기도 하는 감정.

한글로 하면 똑같은 '애증'이라는 단어이지만 내가 재해석한 애증은 이런 뜻이다.

사랑 애愛: 사랑, 사랑하다, 친밀하게 대하다.

건질 증拯: 건지다, 구원하다.

신규 간호사는 입사일부터 낯선 공간에 던져진다. 자신이 무엇을 할지, 무엇을 해야 할지도 모르는 상태에서 공간도 낯설고 사람도 낯선 곳에서 적응을 시작해야 한다. 그 시작을 조금이라도 잘 할 수 있도록 병원에서는 프리셉터preceptor–프리셉티preceptee 프로그램을 통해 임상을 가르쳐준다. 영화관에 가면 영화가 시작되기 전에 관람 에티켓과 화재 발생 시 대피법 등을 하나씩 설명해주는 것처럼. 프리셉터는 교훈자, 교사로서 병원 생활을 안내한다. 프리셉터는 한 쌍이 되어 붙어다니는 프리셉티에게 해야 할 일을 익히고 할 수 있는 일을 늘어가게 만드는 구원자이자, 가장 많이 붙어 있기에 친밀한 대상이다. 그렇게 애증愛拯 관계가 형성되고 흔히 말하는 애증愛憎의 관계가 되기도 한다.

나에겐 두 명의 프리셉터가 있다.

처음 입사해서 아무것도 할 줄 몰랐던 나에게 걸음마를 가르쳐준 작은엄마.

어느 정도 걸음을 떼고 난 후 달리는 법을 알려준 큰엄마.

먼저 작은엄마의 이야기다.

그해 9월 무렵, 웨이팅 기간(합격 후 입사 전까지의 기간)에 한창 조교 일을 하고 있을 때였다. 병원에서 10월부터 출근하라는 전화를 받았다. 10월 1일자로 입사해 신규 교육을 듣고 부서를 배정받았는데, 유달리 10월 입사자들이 특수부서(응급실, 중환자실, 수술실 등)로 배정을 많이 받아 나와 더불어 여섯 명이 중환자실로 가게 되었다. 인사를 드리러 중환자실에 들어선 순간, 이전에는 보지도 겪지도 못했던 광경들이 펼쳐졌다. 한마디로 시장 바닥 같았다.

보통 실습학생 때 중환자실 실습을 해보지만, 나는 경험이 없었다. 그냥 말로만 들었을 뿐 겪어보지 않아 막연히 응급실이랑 비슷할 거라고 생각했다. 하지만 내 생각과 달리 중환자실은 응급실과 천지 차이였다. 점차 추워지는 가을철이라 인공호흡기를 달고 있는 환자가 거의 절반이나 되었고, 실습하면서 본 적도 없으며 책에서도 간략하게 소개된 24시간짜리 투석기가 여기저기서 돌아가고 있었다. 여기에 설상가상, 의식이 없는 사람들이 대부분이었다. 실습할 때 한 번도 본 적 없는 것들투성이였다. 중환자실의 첫인상은 너무 무서웠다.

신규 간호사는 다른 어딘가에서 일해보지 않은 한 아무것도 모른다고 생각하면 된다. 작은엄마는 그런 나에게 가장 기본적인 바이털 사인vital sign부터 시작해서 혈당 측정blood suger test하는 법, 정맥주사 라인 잡는 법, 피검사하는 법, 투약법, 주사하는 법 등 하나부터 열까지 꼼꼼히 가르쳐주었다. 거기에 중환자실에서는 기관절개술이나 중심정맥관 삽입, 피부를 통한 관 삽입 배액술PCD, Percutaneous Catheter Drainage 등의 시술이 흔히 이루어지는데, 이 시술을 위한 준비 과정까지 모두 알려주었다.

중환자실 하면 먼저 떠오르는 것이 인공호흡기이다. 인공호흡기를 달고 있는 사람은 적어도 두 시간에 한 번 석션suction을 해줘야 한다. 물론 사람에 따라 달라진다. 석션을 자주 하지 않을 경우 상기도 내 분비물, 즉 가래로 인해 기도 환기가 잘 이루어지지 않아 인공호흡기 치료가 원활하지 않게 된다. 인공호흡기를 떼고 흡인용 카테터를 이용하여 석션을 시행하는데, 석션을 하다보면 산소 공급이 잠시 중단되고 거기다 가래까지 빨아들이니 몸에 일시적으로 산소가 부족해져 산소포화도saturation가 유지되지 않는 경우가 많다. 어떤 사람은 인공호흡기를 떼자마자 산소포화도가 80%, 70%대로 눈에 띄게 뚝뚝 떨어진다. 여기에 석션까지 하면 60%대까지 떨어지면서 환자도 얼굴이 빨개지며 굉장히 힘들어한다. 괴로우니 몸을 격렬하게 움직이기도 하여 입 주변 테이프에 의지하고 있는 기관내관(E-튜브Endotracheal tube)까지 빠질까봐 무서웠던 적이 한두 번이 아니다. 갑자기 숨을 못 쉬어서 심장이 멈출까봐 두렵기만 했다. 이때 작은엄마가 했던 말이 있다.

"아니, 왜 석션을 제대로 못해?"

"선생님, 석션하는 게 무서워요. 갑자기 심장이 멈춰버릴까봐……"

"이 정도 가지고 무서워하면 중환자실에서 일 어떻게 할래?"

내가 감당해내야 하는 일이었다. 내가 단단해져야만 한다는 말이었다. 누군가를 지키기 위해.

다음은 어느 정도 기본적인 것을 할 수 있을 때쯤 환자를 맡아 책임질 수 있게 해준 큰엄마의 이야기다.

처음 수선생님이 프리셉터를 정해주셨을 때 주변에서 다들 나를 걱정했다. 나의 '큰엄마'는 무섭기로 소문나 있었다. 곧 그만둔다는 소리하는 거 아니냐며 힘내라고 한마디씩 해줄 정도였다. 이 교육은 3개월 정도 받게 되고, 주치의가 오더를 제대로 낸 것이 맞는지 판단하는 법부터 전산 만지는 법, 환자 보는 법 등 총괄적인 일들을 배운다. 간호사가 주치의의 오더를 판단한다는 것이 의아하게 느껴질 수 있지만, 그들도 사람인지라 실수할 수 있고, 바쁜 상황에서 미처 체크하지 못한 부분들이 생길 수 있다. 그래서 간호사에게도 비판적 사고가 필요하다. 의사만큼 환자를 이해하고 있어야 하고, 그만큼 공부해야 한다.

본격적으로 교육에 돌입한 첫날부터 장난이 아니었다.

"선생님, 환자 라운딩 다 돌았어요?"

"아직까지 정규주사도 확인 안 해뒀어요?"

"지금까지 뭐했어요?"

선생님이 출근한 직후부터 혼나기만 해 정신을 못 차릴 정도였다.

시간이 조금 흘러 선생님이 전산처리하는 방법을 가르쳐주었는데, 얼마 뒤 실제로 적용해야 하는 상황이 왔다. 선생님은 혼자 해보라고 했고, 배운 기억은 나지만 몸에 확실히 입력되지 않아 나는 버벅거렸다.

"너 이거 제대로 할 줄 알아, 몰라?"

"……"

"빨리 말해! 알아, 몰라?"

"솔직히 선생님, 잘 모르겠어요!"

"내가 모르겠다, 이런 건 빨리빨리 말하랬지! 자, 여기 봐봐. 이건 여기에 들어가서 이걸 클릭하고……"

선생님은 목소리가 크고 성격이 급해서 저렇게 물어보실 때면 정말 무서웠다. 그냥 못 하겠다 하고 도망가고 싶을 정도로. 그러다 솔직하게 '정말 모르겠다' '기억이 잘 나지 않는다'고 말하면 다시 한번 차분차분히 설명해주셨다. 물론 목소리가 아주 커서 여전히 무서웠지만.

한번은 선생님 앞에서 승압제 수액을 달아야 했던 적이 있다. 수액을 준비하고 달려던 찰나, 선생님이 질문했다.

"이거 무슨 약이야? 언제 쓰는 약이지?"

"승압제요."

"우리 주로 쓰는 기본 용량이 어떻게 되지? 오더는 어떻게 받아야 해?"

"32mg이긴 한데……"

"오더 어떻게 받아야 하냐고!"

"……"

나는 대답하지 못했다.

"(소리지르면서) 너 지금까지 이것도 모르면 어떻게 하려고 그래? 응? 가장 기본적인 거잖아! 그래, 안 그래?"

물론 내가 잘못한 게 맞다. 기본이라 배웠고, 당연히 외우고 있어야 하는 부분인데 대답하지 못한 것이기에. 입사하기 전에는 내가 잘못한 것에 대해 이렇게까지 지적하는 사람이 많지 않았던 것도 사실이고, 잘못했다는 것을 스스로 알았기에 더 속상했다. 내가 배워가는 속도가 시속 100km로 나름대로는 빠르게 달리고 있는데, 시속 180km, 아니 200km로 성장하기를 바라는 것 같아 너무 버거웠다.

처음엔 솔직히 '매번 저렇게 소리지르면서 야단쳐야 하나, 자존심 상하는 말을 저렇게 골라서 해야 하나'라는 생각이 들어 미움도 잠깐 생겼지만, 그래도 큰엄마는 나를 포기하지 않았고 달려나가는 방법을 터득하게 해주었다. 실수투성이인 나를 다른 사람 앞에서 욕하지 않고 은근슬쩍 감싸주던 마음이 너무 감사하다. 혼내야 할 땐 정말 단호하게 혼내고 뒤로는 챙겨주는 선생님이 있었기에 든든했고, 버틸 수 있었다.

예전에 내가 프리셉티일 때는 몰랐다. 딸은 엄마가 되어봐야 엄마 마음을 좀 알고 엄마한테 잘한다는 말이 있듯이, 나도 프리셉터가 되어보니 작은엄마, 큰엄마의 마음을 조금은 알 것 같았다.

솔직히 프리셉티가 없는 상태에서도 난 항상 일이 벅찼다. 근무시간 안에 일을 제대로 끝내지도 못하는 상태에서 누군가를 가르친다는 것이 너무하다는 생각이 들었다. 나는 일하느라 바쁜데 그렇다고 신규 간호사에게 관찰만 하면서 배우라고 할 수는 없었다. 이론과 임상이 다르듯이 보는 것보단 실제로 해보는 것이 기억에 훨씬 오래 남기 때문이다. 시간이 없는 가운데 신규 간호사를 가르치니, 일은 이중삼중으로 쭉 밀리게 되었다.

한번은 신규 간호사에게 설명해준 내용을 정리하라고 한 후 빠르게 일처리를 해나가고 있었다. 바이털 사인을 한 시간마다 체크하는 중환자실이기에, 신규 선생님은 높은 연차 선생님 자리로 바이털 사인을 확인하러 갔다. 한참 일하고 있어도 돌아오지 않는 신규 선생님을 찾기 위해 쓱 둘러보니 저쪽에서 혼나고 있는 모습이 보였다.

"이걸 아직도 몰라?"

어찌되었든 신규 선생님은 내가 가르치고 있기에 책임도 나에게 있다고 생각한 나는 재빨리 달려갔다. 도대체 무엇 때문에 혼이 나는지 이유를 알아야 했다. 그러곤 같이 혼났다.

"선생님, 아직 제가 못 가르쳐줬어요"라고 이야기하며 데리고 와서 혼났던 부분에 대해 다시 가르쳐주기를 반복했다. 내 일도 못했는데, 처음엔 이런 상황들이 나를 너무 힘들게 했다.

솔직히 마음속에 짜증이 0.1%도 없었다는 건 거짓말일 것이다. 눈치 빠른 신규 선생님은 조금은 눈치챘을지도 모른다. 신규 선생님을 싫어하는 게 아닌데, 어쩌면 선생님들이 오해할 수도 있겠다는 염려와 동시에 내 신규 시절의 모습이 겹쳤다. '날 싫어해서 화를 내시나?'라고 눈치봤던 장면이. 차차 신규 선생님의 마음이 이해되기 시작했다. 그리고 걱정되기 시작했다.

'내가 이 아이한테 걸음마를 가르쳐줬지만, 나랑 떨어지고 나서도 잘 걸을 수 있을까?'

그래서 선생님이 잘하고 있음에도 불안했고, 하나라도 더 가르쳐주고 싶어서 막 쏟아내면서도, 과연 잘 따라올 수 있을까 조바심이 났다. 또 혼나지 말라고 나름대로 가르쳐주지만 어쩌면 내가 상처를 주는 건 아닌가 하는 생각도 들었다.

프리셉티가 독립하고 나서도 누군가에게 혼나는 모습을 보면 '내가 잘못 가르쳐서 혼나나' 미안하고 속상했다. 내가 부족한 탓에 혼나는 것만 같아서. 그래서 더이상 프리셉터가 아님에도 불구하고 같이 근무할 때는 하는 일들을 지켜보며 더 신경썼던 것 같다.

한번은 근무가 끝난 후, 프리셉티랑 밥을 먹으며 이런저런 이야기를 하다가 질문을 건넨 적이 있다.

"넌 중환자실에서 뭐가 가장 힘들어? 난 한 공간 안에 갇혀 있는 거. 감옥 같아."

"선생님, 전 사람 죽는 게 가장 힘들어요. 죽는 걸 지켜보는 것도 힘들고, 죽은 사람 정리하는 것도 힘들고. 근무 끝나고 집에 가서 잠이 들면 꿈속에서 그 장면이 반복돼요. 그래서 잠을 자도 잔 것 같지가 않아요."

또 자신이 정말 작은 실수 하나만 해도 주변 사람을 위태롭게 할 수 있다는 생각에 너무 두렵다고 했다. 여기에 더해 허리가 안 좋은데 환자 자리를 주기적으로 봐야 하고, 일 자체의 강도가 높고, 공부도 많이 해야 하다보니 중환자실이 힘들다고 했다. 정말 동생처럼 느껴져서일까. 안타까운 마음에 이런 말을 했다.

"난 솔직히 네가 잘 버텨주면 너무 고맙고 대견하겠지. 그런데 이건 내 욕심이고 '정 못 버티겠다, 여기가 내 정신력과 체력의 한계다'라는 생각이 들면 주저 없이 떠나도 괜찮아. 난 네가 떠나도 괜찮아. 주변 사람의 기대를 저버리기 싫어서 버티다 버티다 소진되어 새로운 무언가를 시작해볼 힘도 잃어버리지 말고, 떠나서 새로운 걸 시작해. 여기서 네가 버티지 못하고 나간다고 해서 실패한 게 아니야."

시간이 지나 어느 날, 그만두기로 결정하고 사직서를 낸 프리셉티에게 연락이 왔다.

"선생님, 제가 정말 잘한 걸까요? 막상 그만두려니 제가 잘못 생각한 것 같아요."

나는 이렇게 답했다.

"이미 선택한 일이고 결정했으니, 뒤돌아보지 말고 너의 길을 걸어가. 하나의 문을 닫아야 새로운 문이 열리지."

백의의 천사이기 전에,
저희도 사람입니다

"내가 이렇게 무례하게 행동해도 당신은 이해해야지. 당신은 간호사니깐."

병원에서 크게 사고 친 게 있느냐고 묻는다면, 민원사건을 이야기할 수 있다. 나에겐 의지가 전체적으로 무너지는 사건이었다.

'간호사를 계속해야 하나?'

'난 무엇 때문에 이렇게까지 일해야 하나?'

'제일 꽃다운 20대 중후반을 다 바쳐가며 울면서 버텼는데, 난 뭘 한 걸까?'

이런 생각이 들 정도로 인생의 모든 것에 물음표를 던지게 한 일이 있다.

보통 데이 근무를 하면, 오전 5시 40분 정도에 출근해서 환자 상태를 확인하고 인계받은 후, 기본적으로 시행할 일들을 하고 나면 회진시간이 돌아온다. 회진이 끝나고 나면, 주치의들의 오더가 많이 바뀌고 다른 과들로 의뢰가 많이 들어가기 때문에(예를 들어 신경외과에 입원한 환자에게 호흡 관련 문제가 생긴 경우, 호흡기내과로 의뢰를 넣어 환자를 봐달라고 한다.) 컴퓨터를 붙잡고 있는 시간이 많다. 항생제가 바뀌기도 하고 균검사, 피검사, 수혈에 인공호흡기도 조정하다보니 머릿속엔 할일들이 줄을 서 있다. 더군다나 환자를 네 명씩 보며 한 시간마다 바이털 사인을 체크해야 하기 때문에 할일이 정말 수두룩이 쌓인다.

환자 서너 명 보는 게 뭐 그렇게 어렵나 싶겠지만, 중환자실의 환자들은 중증도 자체가 높다. 내가 그들의 손과 발이 되어야 한다. 인공호흡기 치료를 하는 환자들이 많고 그 환자들은 기관내관을 가지고 있기 때문에 목소리가 나오지 않는다. 의식이 있는 환자의 경우 요구사항을 눈치껏 알아차려서 해결해줘야 한다. 또 기본적인 혈압, 체온, 심박동수, 산소포화도가 유지되지 않아서 중환자실에 왔기 때문에 지속적으로, 또 응급으로 처치해야 할 것들이 많다. 정말 물 마시고 화장실 갈 시간이 없다. 언젠가는 화장실 가고 싶다는 생각조차 잊어버린 적도 있다. 이런 상황이 누군가 밑 빠진 독에 물을 부으면서 나에게 "넌

물이 빠져나가지 않게 잘 막아야지!"라고 말하는 것처럼 느껴졌다.

한번은 50대 정도의 남성이 갑자기 뇌졸중으로 병원에 입원하여 치료를 받게 되었다. 자극을 주어도 반응을 거의 하지 않는 무의식 상태에 가까웠다. 한창 일하는 와중에 점심 면회시간이 돌아왔다. 중환자실은 하루에 두 번 면회시간이 정해져 있다. 임종을 제외하고는 정해진 시간 외에 들어올 수 없다. 면회시간이 시작되자 보호자들이 우르르 몰려들어왔다.

그 시각 나는 바이털 사인을 처리하느라 정신이 없었고, 내가 보는 환자 한 명이 모니터상 산소포화도가 살짝 떨어져 혈액가스검사BGA, Blood Gas Analysis를 하려던 찰나였다. 한 보호자가 "선생님, 저희 아버지……"라고 말을 걸어왔지만, 한창 집중해 일하고 있던 나는 "자리에 가서 기다리세요. 갈게요"라고 답하고 하던 일을 마저 진행했다. 주치의에게 보고하고 그에 따른 일처리를 하다보니 시간이 좀 걸렸다. 그러자 보호자가 다시 말을 걸어왔고 나는 "갈게요"라고 답했다. 이 일을 빨리 처리해야만 보호자에게 조금이라도 더 설명을 해드릴 수 있기에 나 또한 마음이 급했다.

일을 간단하게 마무리한 후 환자와 보호자에게 갔다. 보호자가 "아버지 열이 나는 것 같아요"라고 말하기에 불과 몇 분 전에 시행했던 바이털 사인을 다시 한번 확인했다. 보통 사람들보단 체온이 살짝 낮았던 터라 보호자에게 설명했다. "열이 나진 않고 다른 사람보다 체온이 좀 낮아서 이불을 두 개 덮어뒀어요." 그러자 보호자들은 갑자기 환자의 머리, 다리 등을 만지며 열이 나는 것 같다고 반복해서 말했다. 보호자들이 보는 앞에서 다시 열을 쟀고, 체온계를 보여드렸다. 열이 나지 않음을 확인하고 나서도 보호자들은 계속 열이 나는 곳들을 찾으며 열이 나는 것 같다고 이야기했다. 그래서 환자 앞에 체온계를 올려두며 그럼 직접 재보시라고 이야기했다.

물론 간호사가 하는 것이 맞고 당연하지만, 열이 나지 않는 사람을 주치의한테 노티(보고)해서 약을 줄 수는 없는 노릇이고, 체온이 낮은데 이불을 걷고 열이 떨어지라며 아이스백ice bag을 적용하는 것이 오히려 환자한테는 좋지 않을 거라고 생각했다. 그렇기에 집에서도 열이 나면 스스로 체온을 재보는 것처럼 보호자에게 직접 재보라고 이야기한 것이다.

그랬더니 보호자들은 태도가 불량하다며 소리지르기 시작했고 나는 대답했다.

"열이 나지 않는데 그럼 보호자분이 원하시는 대로 '열이 나는 것 같네요'라고 말해야 맞는 건가요? 열이 나지 않아서 열이 나지 않는다고 말을 했는데, 계속 열이 나는 것 같다고 하시면, 제가 뭐라 말해야 할까요? 그래서 직접 체온 재보시라고 한 거예요."

도대체 난 저 상황에서 어떻게 행동하고 이야기했어야 하는 걸까?

결국 큰소리가 오갔고, 책임 선생님이 오셔서 자초지종을 물었다. 나중에는 '기분 나쁘셨다면 죄송하다'고 말하긴 했지만, 솔직한 마음으로는 완전히 내 잘못만은 아니라는 생각이 들었다. 그렇게 퇴근했는데, 수선생님에게 전화가 왔다. 오늘 점심 면회시간에 '○○○님 보호자와 무슨 일 있었냐'고 물어보시더니 그 사람들이 민원을 넣었다며 일 커지기 전에 그냥 죄송하다고 사과하라고 하셨다. 민원을 넣을 때 자신들은 간호사의 진정한 사과를 바란다고 했다는 것이다.

이유야 어찌되었든 나도 감정을 누르지 못하고 할말을 했기 때문에, 또 한 병원의 직원으로서 책임이 있기 때문에 저녁에 사과를 하러 책임 선생님과 함께 다시 병원으로 향했다. 책임 선생님도 그냥 사과하며 둥글게 끝내자고 하셨다. 보호자를 찾아가자 그는 다리를 꼬고 앉은 채 왜 왔냐고 다그쳤다.

"사과하러 왔어요."

"사과, 왜 하러 와요?"

자신이 언제 사과를 바랐냐는 듯이 소리를 지르기 시작했다. 그래도 나의 책임이 있으니 죄송하다며 사과했다. 그러자 보호자는 비웃는 말투로 이게 사과냐며 사과 필요 없으니 돌아가라고 반말과 삿대질을 했다.

사과하러 간 건 맞지만, 나도 사람인지라 보호자의 행동에 기분이 나빴고 사과할 마음이 사라져갔다. 사과를 받을 마음의 준비가 되지 않은 사람한테 계속 사과해봤자 받아들여지지 않을 것 같았다.

표정이 숨겨지지 않아 티가 났는지 보호자는 사과하러 온 사람의 태도가 왜 그러냐는 식으로 트집 잡기 시작했다. 처음엔 가만히 듣고 있다가 도대체 어떻게 사과하기를 바라는 건지 궁금해 "어떻게 사과해야 할까요?"라고 질문했다.

"그럼 무릎 꿇고 사과해."

"……"

나는 아무 말 하지 않았다. 내 표정을 보지 못했지만 아마 표정관리가 되지 않았을 것이다. 보호자는 환자의 딸로 내 또래 같았다. 솔직히 무릎 꿇고 사과하라는 말을 들었을 때, '도대체 내가 왜 그렇게까지 해야 하나'라는 생각이 들었다.

"당신 태도가 그따위니까, 우리 할머니가 자기가 옷을 추레하게 입고 와서 무시하는 거냐고 그랬어."

"할머니가 무슨 옷을 입고 왔는지 기억도 나지 않지만, 그렇게 느끼셨다면 죄송합니다"라고 말했고, 계속 죄송하다고 이야기를 해도 받아들여지지 않았다. 자꾸 반말로 뭐라 하는 태도에 나도 지쳤다. 그리고 마지막 말을 듣자, 더이상은 못 하겠다는 생각이 들었다.

"당신은 내가 이렇게 행동해도 이해해야 해! 당신은 간호사니깐."

이 말에 정말 많은 생각과 직업에 대한 회의감이 들었다. '그건 아니죠'라고 말하려던 찰나 책임 선생님이 옆구리를 찔렀다. 상황은 좋지 않게만 흘러가 결국 사과는 받아들여지지 않았고 책임 선생님과 그 자리를 나왔다.

돌아와서 수선생님에게 상황보고를 했다. 수선생님은 "그냥 죄송하다 하고 이야기 잘 끝내고 오지. 똥이 무서워서 피하니? 더러워서 피하지"라고 했다. 나는 허탈해졌다. 혹시나 큰일이 될까 무조건 쉬쉬 덮어버리려는 태도에 '내가 여기서 뭐하고 있나? 난 간호사를 왜 했나? 난 공부를 왜 했나?' 등 자괴감이 들고 직업에 대한 회의감도 느껴졌다.

결국 문제는 고객지원팀으로 넘어갔고, 병원측에서는 어떻게 된 상황인지 나에게 단 한 번도 묻지 않았다. 그저 보호자 민원만 해결하고자 했다. 나중에 다 해결될 때쯤 연락해서, 상황 정리해뒀으니 한 번만 더 사과해달라고 했을 뿐이다.

이 일을 겪으면서 정말 그만둬야 하나, 많은 생각을 했고 많이 울었다. 인생 전체에 회의감이 들면서 스스로 자문자답해보는 시간을 많이 가지게 되었다. 결론은, 그만두더라도 무슨 사건이 생겨 도망치듯 그만두진 말아야겠다는 것이었다.

신규 시절을 거치면서 정말 많이 울었고 간호사가 되기 위한 공부도 많이 했으며 엄청난 단련의 시간을 겪어왔다. 그런데 내가 선택해서가 아니라 쫓기듯이 그만두면 너무 후회할 것 같다는 생각이 들었다. 사직서를 내고 싶은 마음이 99%였지만 일단 넣어두기로 했다.

이 사건을 겪을 때 수선생님이 해주신 이야기가 있다. 지금도 되새기는 한마디.

"왜 100을 일하면서 20만 인정받을 행동을 해? 20만 일하고도 100을 인정받는 사람이 있는데?"

이 사건을 계속 회상하면서 나중에야 깨달았다. 행동, 마음뿐만 아니라 말도 중요하다는 것을. 어쩌면 그분들은 그저 "더 신경쓸게요"라는 따뜻한 관심의 말 한마디가 필요했는지도 모른다.

척척박사, 원더우먼

나의 대학 동기가 병동에서 근무하던 중 겪은 일이다. 어떤 환자를 급하게 수술 보내야 해서 정맥주사 루트를 잡고 항생제 반응검사를 하느라 바빴다고 한다. 처치를 하고 있는데 자꾸 옆방 환자가 와서 지켜보더란다. 그는 리모컨을 들고 서 있었다.

"텔레비전 리모컨이 고장나서 안 돼. 고쳐줘."

"알겠어요. 저 지금 엄청 바빠요. 좀만 기다려주세요."

그때 나는 인공호흡기를 달고 있는 아이에게 호흡기 치료를 해줘야 하는데, 조립용 키트가 성인용밖에 없어 난처해하고 있던 참이었다. 어떻게 해야 하나 고민하다가, 결국 우리가 만들어 보기로 했다. 처음엔 안 될 줄 알았는데 선배 선생님이 먼저 뚝딱뚝딱 시도하셨고, 여러 번의 시행착오를 겪은 끝에 마침내 아기에게 호흡기 치료를 해줄 수 있었다.

동기랑 대화하다가 간호사는 '그물망'이라는 이야기를 나누었다.

"선생님, 왜 그 검사 결과 아직도 안 나와요?"

"선생님, 이 약 쓰고 싶은데 이런 경우 몇 개까지 보험이 되죠?"

"선생님, 아까 노티했던 환자 어때요?"

"이런 경우 내과에서는 보통 어떻게 해요? 내과 선생님 단축번호가 뭐죠?"

한마디로 간호사는 병원의 모든 것과 연결되어 있다. 의사들은 검사 진행을 빨리 할 수 있는지, 약을 쓰고 싶은데 보험이 몇 개까지 되는지, 환자 상태에 대한 기본적인 정보는 물론, 환자에 대해 궁금한 것이 있으면 간호사에게 물어보기도 하고, 환자 상태가 좋지 않을 때 눈앞에서 바로 확인할 수 없으면 전화로 실시간 보고를 받기도 한다. 또 환자들은 검사를 언제까지 얼마나 시행하는지, 검사 결과가 나왔는지, 하물며 자신이 뭔가를 이용할 수 있는지 등을 궁금해하기에 간호사는 이 모든 것의 중간점 역할을 해야만 한다.

환자 상태가 좋지 않아 검사해야 하는 경우, 스케줄이 빠르게 진행되지 않으면 검사실로 전화하여 환자 상태가 좋지 않은데 좀 빨리 해주면 안 되냐고 확인해야 하며, 주치의가 피검사 결과가 왜 나오지 않냐고 하면 그것도 검사실로 연락해 빨리 좀 해달라고 부탁해야 한다. 또한 혈소판 수치가 떨어졌을 때 농축혈소판PC, Platelet Concentrate을 수혈하는데 50000 이하면 몇 파인트가 보험이 되는지, 고가약을 줄 경우 그 환자의 주 진단명에 몇 개가 보험이 되는지, 알부민 수치가 떨어져 알부민을 줄 때도 20%와 5% 중 무엇을 줄 수 있는지 보험이 가능한 수치를 알고 있어야 하며, 정확히 알지 못하는 경우는 보험과에 확인해야 한다.

여기서 끝이 아니다. 중환자실은 하루 두 번으로 면회가 제한되어 있고 보호자가 상주할 수 없는 공간이다. 보호자는 중환자실에 자신의 가족을 맡겨둔 채 밖에서 기다리는 것 말곤 할 수 있는 게 없다. 즉, 간호사가 환자의 보호자가 된다. 중환자실에는 화장실이 따로 없다. 환자들이 많은 기계들을 달고 있고 그 기계들을 단 채로 화장실을 다녀올 수 없기 때문에, 기저귀를 착용하고 침대 안에서 대소변을 해결하는데 그 대소변은 간호사들이 치운다. 욕창이 생길까 적어도 몇 시간에 한 번은 체위변경을 시행하고, 기저귀 발진이 생기면 주치의에게 보고해 처방을 받아 약을 도포하기도 한다.

또 혼자서 식사를 못 하는 분들은 도와야 하며 생선이나 고기 같은 게 나오면 행여나 목에 걸릴까 일일이 뼈를 발라서 낸다. 장기환자로 머물다보면 머리가 기름져 물로 헹구지 않아도 되는 샴푸로 머리도 감겨주고 물티슈로 얼굴과 몸을 닦아준다.

보호자의 민원이 쏟아질 때면, 그 민원도 해결해야 한다.

"저희 엄마가 수술하고 나와서 주치의 선생님을 한 번도 본 적 없는데, 면담할 수 없을까요?"라는 질문에 난 주치의에게 전화를 한다.

"수술중이라서 못 가요." 주치의는 이 한마디를 던지고 전화를 뚝 끊어버리지만 나는 "아드님, 주치의 선생님께서 수술방에 계셔서 지금은 못 나온다고 하시는데, 혹시 저녁 면회시간에 오시나요? 그럼 제가 선생님께 면담해달라고 한번 더 이야기할게요"라고 말한다. 그리고 주치의에게 '○○○님 보호자분이 한 번도 면담을 못 하셨다고 이야기하신다, 저녁 면회 때 꼭 면담해달라'고 문자를 보낸다.

중환자실에서 심폐소생술CPR, CardioPulmonary Resuscitation을 실시해야 하는 상황이 발생하면, 주치의가 와서 처치할 때까지 살려두는 것도 간호사의 몫이다. 심정지가 오면 바로 심장마사지를 시행한다. 몇 번만 하고 내려와도 손발이 다 후들거린다. 주치의가 올 때까지 계속 반복 시행해야만 하고, 주치의가 와서 바로 처치할 수 있도록 미리 준비까지 다 해두어야 한다. 이렇게 근무를 마치면 끝일까? 아니다. 원내 강좌가 있는 날이면 머릿수를 채우기 위해 무조건 강당에 가서 앉아 있어야 한다. 눈은 곧 감기기 직전인데.

최근 어느 병원에서 행사를 진행하면서 간호사에게 짧은 치마를 입고 춤을 추라고 해 포털사이트에서 이슈가 되었다. 그 글을 보며 '난 왜 그때 이게 참 이상하다고 생각하면서도 문제라는 것을 인식하진 못했을까?'라는 생각이 들었다. 그리고 마음이 저릿해졌다. 그 병원이 유별난 게 아니라 이런 일들이 공공연하게 이루어지는 경우가 많았기 때문이다.

대학 시절 가장 친했던 동기는 입사한 지 한 달 만에 병원 행사를 위한 장기자랑을 준비해야 했다. 당시 동기는 사람의 목숨이 드나드는 특수부서에 발령이 났다. 적응하느라 정신이 없을뿐더러 자신의 사소한 실수가 큰 해가 될까 스트레스를 많이 받고 있었다. 그 와중에 장기자랑이라니, 듣는 순간 가슴이 턱 막혔다.

"각자 3교대로 돌아가는데 장기자랑을 준비하라니…… 게다가 다른 부서 동기들하고도 같이 준비해야 해. 이게 말이 된다고 생각해?"

정말 '무'에서 '유'를 창조해내라는 것이었다. 말이 되지 않는 경우다보니 장기자랑의 날까지 시간만 어영부영 흘려보냈고, 보다못한 수선생님이 "준비 잘하고 있니?" "너네 무대 위에 올라갈 때 무슨 옷 입을 거니?"라고 압박을 주었다고 한다.

각자의 시간이 다르게 굴러가는, 열 명 넘는 사람들이 모이는 것조차 쉽지 않았고, 자는 시간이 다 달라 의견을 공유하기도 어려웠다고 한다. 시간이 계속 흐르기만 하자 지켜보던 수선생님은 이러다가는 도저히 준비가 되지 않는다고 판단했는지 일주일 정도 남은 시점에 근무를 다 맞춰주고는 전부 댄스학원을 보냈다고 한다. 아침엔 근무하고 오후엔 퇴근 후 댄스학원에 가서 춤추고 다시 자고, 다음날 새벽 4시 30분에 일어나 출근하는 일과를 일주일가량 반복했다.

원하지 않는 장기자랑, 원하지 않는 일의 연장선을 이겨내느라 생각할 겨를조차 없이 시간은 흘러 장기자랑을 하는 날이 찾아왔다. 무대의상마저 수선생님이 빌려다주었는데 미키마우스를 연상시키는 머리띠를 하고 11월의 추운 날씨에 얇은 티, 짧은 치마바지를 입어야 했다. 비가 부슬부슬 내리는 날의 등산 행사여서 장소가 산이라 무척 추웠다고 한다.

약간의 술이 허용되어 무언가를 먹고 마시며 진행되는 행사여서인지 막바지에 달했을 때쯤 병원의 고위직들이 술에 취해 장기자랑 무대에 올라왔고 한번 안아보자며 진상을 부렸다고 한다. 이에 MC들과 병원 사람들이 마무리를 짓느라 애 좀 먹었다고 후기를 들려줬다.

문득 그런 생각이 들었다. 나는 전문직 간호사라는 허울좋은 이름에 속았다고. 전문직으로서 간호사를 선택했지만, 우리나라 간호사들의 현실과 대우, 그리고 병원 내에서조차 간호사를 공장의 생산라인 정도로만 인식한다는 사실을 간호사가 되어서야 알았다. 사회의 이슈가 되고 나서야 간호사가 장기자랑을 하는 문화는 거의 사라졌지만, 아직도 병원에는 사라져야 하는 문화가 많다고 생각한다. 간호사의 중요성, 간호사를 향한 요구들은 점점 늘어나고 있지만, 우리 자신을 지키기 위한 법적인 테두리나 인식은 아직 준비되지 않아 점점 절벽에 내몰리는 상황이 안타깝다.

Zeroing

인생에서 저지를 수 있는 가장 큰 실수는
실수할까봐 끊임없이 두려워하는 일이다.
_앨버트 허버드

응급실에서 전화가 왔다. 응급실에 환자가 너무 많고, 갑자기 수술 들어가야 할 사람이 두 명이나 되니 환자를 미리 받아서 수술 준비를 해주면 안 되냐는 것이었다. 급하게 환자를 받아 수술 준비를 시작했다. 담당 선생님은 수술동의서를 준비하고 신규 간호사였던 나는 수술할 때 사용할 18G 정맥주사 루트를 잡고, 수술 전 항생제 반응검사를 시행하려던 찰나였다.

선배 선생님이 "이 항생제는 반응검사를 하는 거야?"라고 질문했다. 시행하는 절차를 알고 있었지만, 예전에 항생제 반응검사 때문에 혼났던 기억이 나면서 '이 항생제는 반응검사를 하지 않아도 되는 거였나?'라는 생각이 들었다. 그래서 자신 있게 말하지 못하고 "항생제 반응검사합니다……"라고 힘없이 얼버

무렸다.

선배 선생님은 "확실히 하는 거야, 하지 않아도 되는 거야?"라고 다시 질문했다. 나는 확신하지 못한 채 "하는 거…… 아닌가요?"라고 대답했다. 응급으로 수술을 보내려면 빨리 준비하고 점검도 해야 하는데, 시간이 자꾸 흘러만 가 마음이 더 불안해졌다. 그 찰나에 "그럼 항생제 반응검사 지금 해봐"라고 하셔서 선생님이 보는 앞에서 검사를 시행했다. 잘 알고 있음에도 불구하고 선배가 지켜보고 있다는 부담감에 내가 하는 일에 확신을 가지지 못했다. 그렇게 항생제 반응검사를 하고 수술 준비를 다 마친 후에 환자를 보냈지만, 매번 혼나는 일에 주눅이 들어 스스로를 확신하지 못한 게 안타까웠다.

독립한 지 얼마 되지 않은 신규 시절, 아무리 뛰어다니고 아무리 미친듯이 일을 해봐도 일이 익숙하지 않고 컴퓨터 작업에 능숙하지 않아 늘 시간이 부족했다. 우선순위 1번 다음에 2번을 진행하려고 하면 다른 1번이 등장해 2번이 밀리게 되고, 1번에서도 1~5까지 있다고 하면 1~2까지밖에 진행하지 못했는데 새로운 일이 발생하여 1번도 제대로 못하고 다른 일로 넘어가기도 했다. 그러다보면 중간중간 구멍들이 생겨나는데, 다음번 근무 선생님이 오기 전에 서둘러 빠진 부분을 찾아 채워도 내 눈에 보이지 않은 부분이 많았다.

"선생님, 수행기록 빠졌어요. 채워넣어주세요."

"선생님, 투약기록도 빠졌네요? 이건 언제 줬어요?"

"임상관찰기록지에 이 약은 카운트한 건가요?"

이렇게 빠진 것들이 수두룩이 나오는데 너무 많다보니 그중 한두 개는 잊어버리기도 했다. 그러다보니 매일 혼나기 일쑤였고 '왜 나는 이걸 하지 못했을까? 왜 나는 기억을 하지 못했을까?' 하며 자책했다. 또 일을 하다보면 사람인지라 실수를 하게 되는데, 직업 자체가 워낙 실수가 용납되지 않는 일이다보니 연차 높은 선생님들에게 앞으로 이런 실수하지 말라고 호되게 혼나기도 했다. 실질적으로는 생명에 위협을 가할 정도의 큰 잘못이 아니더라도 혼나고 나면 모든 게 다 내 탓인 것만 같았고, 혼난 것에 혼이 빠져 일이 진행되지 않았다. 예전과 똑같은 상황이 벌어지면 알고 있는 대로 진행하면 되는데, 혼난 경험 때문에 내가 또 실수한 건 아닐까 의심하면서 한 번만 확인해도 되는 것을 여러 번 확인하게 되고 그러다보니 일은 또 밀려갔다.

인공호흡기를 하고 있는 환자들은 본인이 숨쉬는 것과 기계가 숨쉬어주는 것이 자꾸 부딪치기에 치료를 위해 진정제를 사용하기도 한다. 진정제를 쓰는 경우 부작용으로 혈압이 떨어지거나 환자의 전반적인 몸 상태가 저조해져 혹시나 하는 상황에 대비해 중심정맥관을 준비한다. 또 인공호흡기가 호흡을 강제적으로 도와주는 모드를 사용할 경우, 스스로 숨을 조절해가면서 쉬는 것이 아니기 때문에 환자 본인이 숨쉬는 것과 기계가 숨쉬는 것이 싸우면서 몸의 산소포화도가 떨어지기도 한다. 그렇게 되면 숨쉬는 것이 힘들고 답답해 무의식적으로 E-튜브를 빼려고 하는 경우들이 있어 보호자 동의서를 받고 신체보호대를 적용한다.

한번은 인공호흡기를 하고 있던 환자가 안절부절못하면서 숨쉬는 것을 어려워했다. 동맥혈가스검사ABGA, Arterial Blood Gas Analysis를 시행해 결과를 보고 주치의와 조절을 하려던 찰나, 신체보호대가 되어 있음에도 불구하고 환자가 E-튜브를 손으로 빼버렸다. 보통 E-튜브는 삽관하고 나서 풍선에 공기를 불어넣어 목에 고정해두기 때문에 잘 빠지지 않는데 이를 제거해버린 것이다. 안 그래도 숨쉬기가 어려워 안절부절못해서 산소포화도가 80%대 후반이었는데, 튜브마저 제거되면서 70%, 60%로 눈에 띄게 뚝뚝 떨어져만 갔다.

같이 근무하던 간호사들이 모여 한 명은 앰부백ambu-bag(호흡정지 시에 사용되는 구급 소생백)을 짜고 다른 한 명은 산소가 폐로 잘 들어가라고 마스크를 얼굴에 딱 붙이면서 턱을 들어주었다. 또다른 한 명은 다시 E-튜브 삽관 준비를 하고 한 명은 혹시 모를 상황에 대비해 응급약물을 가지고 왔다. 담당 간호사였던 나는 주치의에게 바로 보고했다.

"선생님, E-튜브 셀프 리무브했어요."

"아니, 어쩌다가요? 아, 인튜베이션(삽관) 빨리 다시 준비해주세요."

"신체보호대 적용해뒀는데 몸을 폴더폰처럼 접어서…… 빼버렸네요, 하……"

주치의는 헉헉거리며 단숨에 달려와 다시 E-튜브 삽관을 했다. 상황이 좀 정리되고 나는 선배 간호사에게 혼이 났다.

"네가 신체보호대를 느슨하게 해놓지 않았더라면 이런 일 없었겠지. 다들 바쁜데 왜 일을 만들어? 앞으로 제대로 확인해."

처음엔 이 말을 듣고 '내가 제대로 봤어야 했는데, 내가 신체보호대를 더 바짝 해뒀어야 했는데……'라고 자책했다. 실은 E-튜브를 스스로 빼고자 하면 초인적인 힘으로 빼는 경우가 많다. 기도에 들어가 있는 튜브를 혀로 슬금슬금 밀어내어 빼는 사람도 있고, 손 있는 곳까지 몸을 폴더처럼 접어 빼는 사람도 있다. 이렇게 매일 혼나는 게 많다보니 자존감이 너무 낮아졌다. 내가 하는 모든 간호들에 자신이 없었다. 그러다 문득, 이런 생각이 들었다.

'스스로가 자신이 없으면 어느 보호자가 자기 가족을 맡길 수 있을까.'

'나에게 자신의 소중한 사람을 맡긴 보호자에게 과연 내가 무슨 말을 할 수 있을까.'

그뒤로 근무가 끝나면 그날 실수하고 혼났던 것을 반성한 후 제로잉zeroing하려 노력했다. 내가 살기 위해서. 모든 것을 다 생각하지 않고 반성하지 않겠다는 게 아니라, 자꾸 지난 상황을 곱씹으며 스스로 너무 자책하지 않기로 한 것이다.

중환자실에서는 중심정맥관으로 중심정맥압CVP, Central Venous Pressure을 확인하고, A-라인(동맥라인, 동맥 내에 카테터를 삽입하고 모니터에 연결해서 지속적으로 혈압이나 맥박 등의 혈류를 관찰하고 체크하는 것)으로 혈압을 보기도, 채혈을 하기도 하는데, 측정값이 맞지 않으면 재설정하고 제로잉을 한다.

이처럼 하루가 끝나면 잘못한 일을 확실히 반성하고 자책한 다음, 두려움을 제로잉한다. 제로베이스로 만드는 것이다. 불필요한 감정들을 0으로 만들기 위해서. 행여 혼이 날까 일어나지도 않은 일들을 무서워하거나, 해야 할 일을 못 하는 것을 두려워하기로 했다.

두려워하는 것을 두려워하기로 했다.

민폐덩어리

큰엄마 곁에서 모든 것을 배우다가 이제 혼자 환자를 볼 수 있도록 독립을 앞두었을 때, 정말이지 도망가고 싶었다. 누군가의 보호자가 되어 책임진다는 것이 너무 무거웠고, 감당할 자신이 없었다. 나에겐 그 정도의 지식도, 경력도, 경험도 너무 부족하다고만 느껴졌다.

우리 병원은 내가 입사했을 때만 해도 수기 차팅을 하고 처방전달시스템OCS, Order Communication System을 사용하고 있었다. 환자에 대한 정보나 오더는 컴퓨터로 볼 수 있는데, 바이털 사인이나 환자의 의뢰가 들어간 부분은 다 수기로 작성했다. 환자에 대한 정보를 확인하고 주치의 오더 받고 컴퓨터상 처치를 하려면 OCS를 배워야 했다. 배우기는 OCS와 수기 차팅으로 배웠는데 독립은 전자의무기록EMR, Electronic Medical Record으로 했다. 한마디로 세발자전거를 배웠는데 혼자 두발자전거를 타야만 하는 상황이었다.

게다가 난 독립하자마자 '환타'(환자 타는 간호사)였다. 환자들이 스테이블stable하고 괜찮았다가 나만 출근하면 문제가 생겼다. 분당 60~100회가 정상인 심박동수가 200대까지 뛰고 100% 잘 나오던 산소포화도가 80%대로 뚝 떨어졌다. 내가 감당할 수 있는 한계를 계속 넘다보니 피해를 입는 건 나랑 같이 일하는 선생님, 내 뒷근무에 오는 선생님이었다. 환자가 안정적이어도 빼먹는 것들이 많은데, 바쁘기도 하고 일이 익숙하지 않으니 얼마나 많은 것들을 빼먹었을까.

간이 좋지 않아 소화기내과로 입원했다가 간이식을 받기 위해 외과로 전과된 환자가 있었다. 부종으로 인해 온몸이 띵띵 부어 다리는 코끼리 다리 같았고 온몸이 황달이었다. 산소포화도도 유지되지 않아 인공호흡기를 달았고, FiO2(흡입기의 산소농도)를 100%까지 올렸다. 즉, 최고치로 올렸음에도 산소포화도는 60~70%대밖에 유지되지 않았다.

환자는 간이식을 하기 위해 대기중이었고, 뇌사자의 간을 기증받기 전까지 어떻게든 생명을 유지시켜놓아야 했다. 인공호흡기를 최대치로 쓰고 있음에도 불구하고 거의 10분 단위로 환자의 상태는 나빠지고 있었다. 보호자와 상의를 거친 후 에크모 ECMO, ExtraCorporeal Membrane Oxygenation(체외막 산소화 장치)까지 하자는 이야기가 나왔다. 대학생 시절 책에 소개된 걸 잠깐 봤을 뿐, 교육받을 때 한 번도 본 적 없는 것을 준비하고 기록을 남겨야 했는데, 나는 처치 수가fee가 어떻게 들어가야 하는지, 에크모에 모드가 뭐가 있는지도 몰랐다.

에크모를 하자는 이야기가 나오자마자 흉부외과에서 득달같이 뛰어와 장치를 시행하기 위한 준비를 해달라고 했다. 환자의 컨디션이 안 좋아지니 처치하기도 바쁜데, 시행 준비까지 하려니 몸이 두 개라도 부족할 정도였다. 미친듯이 뛰어다니며 준비하고 장치를 설치하고 시술을 시행할 때도, 난 기록을 어떻게 남겨야 하는지 고민했다. 모두 처음 해보는 일이었고 난 할 줄 아는 것이 없었다.

시술을 마치고 정리가 되나 했더니, 장치가 제대로 시행되는지 확인하기 위한 피검사들이 나를 기다리고 있었고, 하나의 절차를 다 끝내기도 전에 다음 절차로 떠밀렸다. 다음번 근무에 오는 선생님에게 피해가 가지 않게 하려고 밥도 못 먹고 화장실도 한 번 못 가고 뛰어다녔지만, 모르는 일을 완벽하게 하는 것은 무리였다.

책에서만 보던 것을 실제로 하려니 이게 맞나 싶고, 제대로 모르니 실수도 엄청 많았다. 내 뒤에 온 선생님은 그 상황을 보지도 못했지만 내가 두서없이 해둔 일을 같이 처리해야 했고, 그 시간에 해야 할 일들은 뒤로 밀렸다. 설상가상으로 여기에 응급상황까지 터지면 독박에 독박을 쓰는 거였다. 일처리도 미숙하고, 지식이 풍부하지도 경험이 많지도 않은 나는 민폐덩어리였다. 정말 죄송해서 뭐든 하고 싶고 하나라도 제대로 처리하고 싶었지만, 결국 정리하는 건 선배 선생님 몫이 되어버리니 죄를 짓는 듯한 느낌이었다.

신규 시절 내가 뭘 해야 할지 몰라 가장 당황할 때가 CPR 상황이었다. 제대로 할 줄 아는 것이 없으니 적극적으로 동참할 수도 없었고, 상황이 상황인 만큼 참여를 안 할 수도 없었다. 이미 같이 일한 지 좀 된 선생님들은 정해진 것 없이도 눈치껏 상황에 착착착 감기듯 일한달까, 빈틈이 없었다.

CPR 상황이 오면, 발견한 선생님이 "여기 CPR이요!"라고 먼저 알린 뒤 바로 심장마사지를 하거나 산소를 준다. 그럼 다른 선생님이 응급약물과 기관내삽관 준비물들을 가져오고, 또다른 선생님은 환자의 산소를 담당해 앰부백을 짜거나 심장마사지를 시행하며 환자의 산소를 담당한다. 또 한 선생님은 '코드블루' 방송을 한다. 다들 뛰어다니는 상황에서 아무것도 할 줄 몰라 이리 갔다가 저리 갔다가 하는 나는 진로방해만 하는 민폐덩어리였다.

중환자실은 이런 상황들이 계속 반복되는 공간이다보니 하루는 선배 선생님에게 물어봤다. 그 상황에서 내가 무얼 하는 것이 도움이 되는지. 그렇게 스스로 할일들을 찾아서 하고, 상황 자체를 두려워하지 않으려 노력했다. 막히는 상황이 발생하면 속으로 '할 수 있다, 할 수 있다, 할 수 있다' '차분히 하면 돼, 급할수록 차분히……'라고 되뇌며 자기최면을 걸었다. 그렇게 한 발짝씩 성장했다. 여전히 민폐덩어리일 때가 있지만, 계속 노력하고 있다.

당신은 괜찮은가요?

"오늘 하루 당신은 괜찮았나요? 당신이 괜찮은지에 대해 생각하는 시간이 있었나요?"

누군가를 돌보기에 앞서 내가 먼저이지 않을까?

출근하면 인수인계를 받기 전에 환자 라운딩을 먼저 돈다. 인공호흡기가 기록된 값과 세팅값이 일치하는지, 주사 부위가 부었는지 열감이 있는지 빨개졌는지, 수액은 오더 받은 대로 잘 들어가고 있는지, 욕창이 생겼는지 생기지 않았는지, 투석관이나 중심정맥관들이 제대로 있는지, 드레싱은 깨끗하게 되어 있는지, 수술한 환자들은 수술 부위의 드레싱이 괜찮은지, 배액관들은 배액이 잘되는지, 배액 양상이 어떤지 등 환자의 상태 하나

하나를 점검하고 파악한다. "오늘은 기분이 좀 괜찮아 보이시네요?"라고 이야기하는 등 환자의 기분 상태까지 파악하며 말을 걸고 농담하기도 한다.

의식은 있는데 인공호흡기를 하고 있어 말이 나오지 않는 환자가 뭔가 불편해 보이면 "자세가 불편하세요?" "가래 뺄까요?" "좀 앉을까요?"라고 물어보고, 입 모양으로 눈치껏 알아맞히기도 하고, 무의식의 환자는 행여 욕창이 생기지 않게 자세를 수시로 변경해준다.

그런데 그러기 전에, 나 자신은 과연 괜찮은가?

쉬는 날 집에서 다리를 펴고 TV를 보는데 엄마가 내 다리를 만지며 "다리에 멍이 왜 이렇게 많아?"라고 물었다.

그때, 나도 처음 봤다. 내 다리에 멍이 그렇게 많은지. 다 세어보니 크고 작은 멍이 열세 군데나 들어 있었다. 언제 멍이 들었는지 기억도 없었다. 아마 일할 때 뛰어다니다 여기저기 부딪혀 생겼으리라, 짐작만 할 뿐. 문득 그런 생각이 들었다. 내가 보는 환자는 어디에 멍이 있는지 어디에 상처가 있는지 하나하나 기록에 남기고 기억하는데, 정작 나는 어디서 부딪혀 멍이 생겼는지도 모르는구나. 내가 제일 잘 알아야 하는 내 몸인데, 난 주인으로서 아는 게 하나도 없구나.

환자의 하루하루 기분이 어떤지, 무엇이 속상한지 헤아리려 그렇게 노력하지만, 내 기분은 어떤지, 어디가 불편하진 않은지, 오늘 난 무슨 생각을 하는지 환자를 대할 때처럼 생각해본 적이 있을까. 내가 아프다고 외치는 소리를 나는 듣고 있을까.

일도 힘들고 사람들도 힘들어 스트레스가 극에 달했던 때가 있다. 사람들이 흔히 하는 말에도 그런 말이 있지 않은가. 일이 힘들어도 사람이 편하면 그 직장은 다니게 되고, 사람이 힘들면 일이라도 편해야 한다는 말. 난 일과 사람 둘 다 힘든 사람이었다. 아닌 것에 '맞다'라고 못 하는 성향이고, 누군가에게 잘 보이려 아부성 멘트도 잘 못한다. 여기까지만이어도 다행이랴. 난 선배 선생님에게도 할말은 해야 하는 성격이다. 어쩌면 스스로 일을 만들어서 고생하는 스타일이긴 하지만, 그래도 후회는 없다.

일과 사람 둘 다 힘들었던 그때 한번은 자다가 속이 울렁거려 깬 적이 있다. 3일 연속 이브닝 근무를 처음 하고 온 날이었고, 그 다음날에도 이브닝으로 출근해야 했다. 화장실에서 헛구역질을 하고 돌아와 침대에 누웠다. 다시 잠을 청하려던 찰나 또 헛구역질이 시작되었다. 속이 울렁거리는 정도가 아니라 바로 토할 것만 같아 화장실로 미친듯이 뛰어갔다. 아무것도 나오지 않고 침만 나왔지만, 헛구역질이 멈추지 않았다. 좀 괜찮아져 다시 침대에 누웠다가 헛구역질이 나와 화장실 가기를 반복했다.

그러다보니 헛구역질하는 것만으로도 기력이 달렸다. 나중엔 바닥을 기어다니며 이 과정을 반복했고 병원이 바로 코앞이지만 도저히 혼자 갈 수가 없었다. 그렇게 네 시간을 집에서 나오지 못한 채 변기통을 붙잡고 헛구역질만 했다. 새벽이라 누군가에게 연락을 할 수도 없었다. 앰뷸런스를 부르자니 정말 위험한 일들로 바쁜 사람들인데, 헛구역질한다고 전화하는 건 민폐 같았다. 무서웠다. 사람이 이렇게 혼자 죽는 거구나 싶었다.

다행히 옆집에 동기가 살아 근무표를 공유하는 앱을 확인했다. 동기는 마침 데이 근무였다. 일어났을 것 같은 때쯤 전화를 했다.

"나 헛구역질이 계속 나와. 병원을 가야 하는데 도저히 혼자 못 가겠어. 미안하지만 조금만 빨리 준비해서 출근하는 김에 응급실에 데려다주면 안 될까?"

동기는 흔쾌히 그러겠다고 했고, 최대한 빨리 준비를 마친 후에 우리집 문을 두드렸다. 화장실에서 현관문까지 단 몇 걸음이었지만 그때는 걸어서, 아니 기어서 가는 것도 무리였다. 동기에게 비밀번호를 알려주며 들어와달라고 했다. 동기가 들어온 후에도 준비해서 나가는 데 시간이 오래 걸렸다. 그렇게 동기의 부축을 받아 병원 응급실로 향할 수 있었다. 가는 동안에도 계속 헛구역질이 나와 3분이면 도착할 거리를 10분 정도 걸려서 간 것 같다. 나 때문에 출근이 늦어지는 동기한테 미안하기만 했다. 출근이 늦어진 동기는 약이 들어가는 것을 확인한 후 병동으로 향했다. 서둘러 가는 친구에게 나 응급실 데려다줬다는 말은 하지 말아달라고 부탁했다. 병원에서 치료받으며 한숨 자고 집에서 좀 쉬다 출근하면 된다고 생각했다. 내가 빠지면 누군가는 새벽에 갑자기 날벼락으로 출근하라는 전화를 받아야 할 테니까. 누군가의 소중한 오프가 나 때문에 엉망이 되는 거니까.

수액 치료를 받고 나니 헛구역질도 멈추고 좀 살 것 같았다. 병원 직원인 게 티가 나니 뭔가 눈치도 좀 보였다. 기진맥진한 상태로 계산한 후 집에 와서 침대에 누워 살짝 잠이 들었다. 얼마 후 핸드폰이 계속 울려 번호도 확인하지 않고 전화를 받았다.

"라윤아, 몸 좀 괜찮니?"

"네?" 하고 핸드폰을 보니 수선생님 방 번호였다.

"너 새벽에 응급실 왔다며. 어디가 많이 안 좋니?"

"아뇨, 선생님. 밤사이에 헛구역질을 계속 해가지고요…… 멈추지 않아서 병원 다녀왔어요. 지금은 괜찮습니다."

"출근할 수 있겠어?"

"네, 좀 자고 출근해야죠."

"정말 출근할 수 있겠어?"

"네, 출근할게요."

"그냥 오늘 푹 쉬고 내일 근무 때 보자."

"오늘이요? 저 출근 안 하면 다른 사람 출근해야 하잖아요."

"그냥 푹 쉬고 내일 출근하렴."

선생님은 이렇게 말하며 전화를 끊으셨다. 누군가의 오프를 망치기 싫어 일부러 병원에 알리지 않았는데, 쉬라고 해주시니 감사했다. 어쩌면 당연한 건데, 그게 당연하지 않게 너무 감사했다.

하루는 출근했는데 동기의 얼굴이 창백하니 좋지 않았다. "어디가 아파? 왜 이렇게 얼굴이 안 좋아?" 하고 질문하려던 찰나 동기의 손을 보게 되었다. 한 손은 컴퓨터 작업하느라 바빴고, 한 손에는 수액을 달고 있었다. 하루종일 배가 아파 화장실을 들락거리던 친구는 도저히 근무하기가 어려워 수액을 맞으면서 일하고 있었던 것이다. 자신의 몸도 견디기 어려운 상태인데 자신보다 더 아픈 환자들을 지키기 위해, 자신의 역할을 해내기 위해 최선을 다하고 있었다.

하루는 나이트 근무로 출근한 지 얼마 되지 않았을 때부터 으슬으슬 추워지기 시작했다. 반팔 유니폼 위에 가디건을 껴입고 핫백hot bag을 만들어 몸을 따뜻하게 해보려 했지만, 시간이 갈수록 몸이 바들바들 떨려왔다. 환자의 체온은 한 시간마다 재면서, 너무 바쁘니 내 체온을 재볼 생각은 전혀 들지 않았다. 근무가 끝나갈 때쯤 인계하고 나서는 긴장이 풀리기 시작했는지 머리가 핑 돌면서 어지럽고 속이 울렁거렸다. 몸은 더 바들바들 떨리고 있었다. 그제서야 체온을 재봐야겠다는 생각이 들었다. 서둘러 체온을 재자 37.7도였다. '음, 이 정도는 해열제 먹고 뜨거운 물로 샤워하고 자면 괜찮겠지'라고 생각하며 퇴근하고 집에 도착하자마자 온수매트와 난방을 틀고 뜨거운 물로 샤워한 후 침대에 누웠다. 따뜻한 온기가 느껴지는데도 몸의 떨림은 더 심해졌지만, 나이트 근무를 해서인지 금방 잠에 빠져들었다.

두 시간 정도가 지났을까. 온몸은 땀으로 젖었는데 너무 추워서 눈이 떠졌다. 온수매트와 난방을 좀더 세게 튼 후 다시 잠에 들고자 했다. 순간 이렇게 아픈데 나이트 근무를 해야 한다는 생각에 걱정도 되고, 갑자기 서럽기도 하면서 눈물이 맺혔다. 잊고 있었다. 아파도 병가를 마음 편하게 쓸 수 없는 간호사의 현실을. 숨이 막혔다.

네 시간 정도 자다가 다시 눈을 떴을 땐, 몸이 아까처럼 바들바들 떨리진 않았지만, 식은땀이 비 오듯 흐르며 앉아 있는 것조차 너무 힘들었다. 당장 그날 나이트 근무를 또 해야 했기에 고민이 되기 시작했다. 나이트 근무를 못 하겠다고 하면 누군가가 그 자리를 채워야 할 테고, 난 도저히 서 있을 힘이 없기에 고민하다가 응급실로 향했다. '수액까지 맞아보고 안 되면 병동에 전화하자'라는 생각이었다. 가자마자 체온을 측정하니 38.8도였다. 피검사, 엑스레이, 소변검사 등 간단한 검사들을 시행하면서 해열제와 수액을 맞으며 한숨 자고 나니 일상생활할 만큼은 움직일 정도가 되었다. 약을 타고 집으로 돌아와 물에 밥을 말아 먹고 약을 털어넣은 후 한숨 자고 나이트 출근을 해 나보다 더 아픈 누군가를 간호했다.

내가 가르치던 프리셉티가 있었다. 마음이 너무 약했고, 마음과 비례해 몸도 약했다. 아파서 약을 챙겨 먹는 모습을 보고 프리셉티에게 이런 말을 한 적이 있다. 이 길이 너의 길이 아닌 것 같고 도저히 감당 못 하겠다는 생각이 들면 나쁜 생각 하지 말고 언제든지 갈 길 갔으면 좋겠다고. 여기를 나간다고 해서 네가 잘되지 않으리라는 법은 없고, 이 일을 하지 않는다고 해서 너의 모든 게 무너지는 게 아니라고. 너 스스로를 먼저 생각하고 절대 주객이 전도되게 하지 말라고. 네가 있어야 네가 간호하는 환자도 있는 거라고.

참 아이러니한 상황이지만, 해줄 수 있는 것이 없었다. 자기 몸을 먼저 챙기라는 말밖에. 그리고 스스로에게도 말한다. 내가 있어야 내가 간호하는 환자도 있는 거라고.

기꺼이 상처받을 것

뇌졸중으로 거의 10년 정도 침대에서 누워만 생활하던 환자가 있었다. 요양병원에서 지내다가 갑자기 상태가 안 좋아져 응급실을 통해 중환자실로 입원한 분이었다. 오랜 시간 의사소통도 되지 않고 허공만 바라보며 누워 있는 엄마를 자식들은 지극정성으로 돌보았다. '긴 병에 효자 없다'는 말도 있는데 면회시간에 단 한 번도 빠짐없이 오는 보호자들을 보며, 정말 대단하다고 생각했다.

중환자실은 낮 12시~12시 30분, 저녁 7시~7시 30분, 하루에 두 차례 정해진 시간에만 면회가 허용된다. 면회 시작을 알리고 문을 열자마자 그 보호자들이 자신의 엄마를 조금이라도 더 보기 위해 빠른 걸음으로 들어왔다. 그리고 들어오자마자 담당 간호사에게 질문을 쏟아냈다. 마지막 면회를 기준으로 환자의 상태가 달라진 부분부터 시작해서 인공호흡기를 이것저것 막 보시더니 동맥혈가스검사 결과를 물었다. 산소 수치는 얼마고 이산화탄소 수치는 얼마고 이 정도면 산소를 올려야 하는 것 아니냐며 지금 다시 검사를 시행해달라고 했다. 동맥혈가스검사는 인공호흡기를 조절하거나 치료가 잘되고 있는지 보기 위한 검사로 주치의의 오더가 있어야 시행할 수 있는데, 계속 검사해달라며 억지를 부렸다.

이 환자는 신장 기능도 좋지 못하고, 혈압도 잘 유지되지 않아서 CRRTContinuous Renal Replacement Therapy(지속적 신대체요법, 쉽게 말해 24시간 계속하는 투석을 뜻함)를 시행하고 있었다. 몇 주 정도 유지하다가 혈압도 정상범위에서 유지가 잘되니 보호자에게 설명 후 짧은 시간 투석하는 걸로 변경했다. 변경 후 처음 투석을 시행하던 날 환자의 혈압이 떨어졌다. 아무래도 투석은 몸안에서 순환하던 혈액을 빼서 기계를 돌린 후 다시 넣는 방식이기 때문에, 아무리 기계에서 온도 설정을 해준다고 해도 체온이나 혈압이 떨어질 수 있다. 투석중 혈압이 떨어지니 다시 승압제를 달았고 이를 유지한 채 무사히 투석을 마쳤다. 곧 혈압이 정상범위에 돌아와 승압제를 조금씩 줄여나가던 와중에 면회시간이 되어 보호자들이 들어왔다. 환자의 이곳저곳을 확인하던 보호자는 승압제가 달려 있는 것을 봤고, 내가 막 설명을 하려던 찰나 "저건 왜 달고 있는 거예요?"라고 질문했다.

"어제까지 24시간 투석하다가 이제 짧은 시간 투석하는 걸로 바꾼다고 주치의 선생님이 설명하셨던 거 들으셨죠? 그래서 오늘 아침에……"

"투석 점심쯤에 한다고 했는데 왜 아침에 했어요?"

보호자는 내 말을 끊으며 질문했다.

"투석은 주치의 선생님 오더가 있으면 일단 응급환자부터 한 후에 그날 안에 자율적으로 투석실 선생님께서……"라고 설명하는데 또 말을 끊었다.

"승압제는 왜 달았어요?"

"하아(한숨 크게 몰아쉬고), 오늘 투석 돌리다가……"라고 답하려던 찰나였다.

"대답하기 싫으세요?"

공격적인 질문에 나도 조금 화가 났다.

"저도 계속 설명드리려고 하는데 말을 중간에 뚝뚝 끊으시고 듣지……"

"그게 아니고, 못 보던 게 달려 있으니까 궁금해서 물어보는 거죠!"

'듣지 않으시네요'라고 말을 끝내기도 전에 보호자는 또 자기가 하고 싶은 말로 치고 들어왔다.

"보호자분, 지금 환자 상태가 어떻게 변했는지 궁금하신 거 아니세요? 어제 주치의 선생님이 설명드렸다시피 24시간 투석 마무리했고, 오늘 하루에 네 시간만 돌려도 되는 투석 진행하면서……"

"어제 설명하기로는 점심쯤에 한다고 했는데, 벌써 투석 끝났어요?"

"투석 스케줄에 따라 빨리 할 수도 있고, 늦게 하는 경우도 있어요."

"승압제는 왜 달린 거죠?"

"보호자분, 제 이야기 좀 끝까지 들어주시면 안 될까요?"

"아니, 말을 기분 나쁘게 하시네. 궁금하니깐 물어볼 수도 있지. 그리고 말하면서 뭘 그렇게 뚫어져라 쳐다보면서 말해요? 말투가 사람 진짜 기분 나쁘게 하네."

그러자 동행한 다른 보호자가 같이 인상을 쓰며 말해봤자 뭐하냐는 표정으로 말리는 척을 했다.

"보호자분, 저 원래 말할 때 사람 쳐다보면서 이야기해요. 이게 평소 말투입니다. 보호자분께서 짜증내면서 이야기하시니 저도 반응이 웃으면서 나오지는 않네요."

나도 사람인지라 화도 나고 너무한다는 생각이 들었다. 해야 할 일들도 밀려 있는데, 보호자에게 환자 상태에 대해 차분히 설명해주려다 실랑이를 벌이게 되어 속상했다. 짜증내며 말하던 보호자의 태도에 상처받기도 했다. 계속 실랑이를 하게 될 것 같아 잠깐 그 자리를 피해 간호사 스테이션으로 돌아와 밀린 업무를 시작했다. 한참 컴퓨터 작업을 하고 있으니 실랑이를 벌였던 보호자가 다시 와서 잠깐 자신의 어머니를 봐달라고 했다. 그 환자의 자리에 가서 다시 한번 설명하려던 찰나 보호자는 또 질문을 쏟아내기 시작했다.

"저희 엄마 욕창도 있는데, 꼭 이렇게 앉혀놔야 하나요?"

"방금 코에 있는 줄을 통해 식사가 들어가서, 소화되실 때까지 잠깐 앉혀드린 거예요."

"왜 이불은 제대로 안 덮어주세요?"

"부종 때문에 많이 부으셔서 팔 쪽에 물이 나오더라고요. 물티슈로 한번 닦아드리고, 좀 마르라고 다리만 덮어드렸어요."

"그럼 팔은 전혀 신경 안 써주시나요?"

"붓기 좀 빠지라고 베개 위에 올려드렸고, 물기가 흐르니 밑에 패드 대드렸어요."

"방법이 그거밖에 없어요?"

"원하시는 방법이 있으세요?"

"그건 선생님이 더 잘 아시죠."

"제가 아는 방법으로 해드리고 있는데, 보호자분이 원하시는 게 따로 있으신 것 같아서 물어봤어요."

"그런데 왜 말을 그렇게 기분 나쁘게 하세요? 선생님이 전문적으로 공부하셨으니 더 잘 알 것 같아서 물어볼 수도 있죠. 선생님 도대체 이름이 뭐예요?"

점점 큰소리가 오고갔다. 보호자는 민원 넣겠다며 내 이름을 물어보았고, 식사 후 소화되라고 앉혀두었던 자세부터, 부종이 심해 팔에서 물이 나오기에 닦은 뒤 마르라고 이불을 걷어둔 성의도 맘에 들지 않는다며 트집을 잡기 시작했다. 내가 지금까지 정성껏 했던 간호들이 수포로 돌아간 것만 같아 속상하고 화가 났다.

그러다 문득, 예전에 어머니 간병 때문에 다니던 회사를 그만뒀다던 보호자의 말이 생각났다. '저 보호자는 생계를 내팽개치고 지금까지 10년 동안이나 병간호하며 뒷바라지를 했는데, 어쩌면 어머니가 인생의 전부고 사는 이유일 수도 있겠구나. 그저 궁금한 마음에 말을 끊고 계속 질문한 건데, 난 끝까지 듣지 않고 끊는다고만 생각했구나'라는 생각이 들었다. 다시 한번 화난 마음을 가라앉힌 후 보호자에게 가서 어머니의 상태와 변화들에 대해 다시 차분히 설명했고, 실랑이를 벌인 탓에 만족스럽진 않았겠지만, 보호자는 알겠다고 하며 돌아갔다.

보호자와 작은 실랑이를 벌이고 '이상한 보호자네'라고만 생각하며 거기서 멈췄더라면, 더 깊게 생각해보지 않았더라면, 보호자의 마음을 이해하지 못했을 것이다. 보호자의 태도에 크게 상처받았고, '내가 그럼 더 어떻게 해야 하나'라고 속으로 화를 냈기에 나와 보호자에 대해 좀더 많이 생각하고 '아차!' 하며 나를 돌아볼 수 있었던 게 아닐까. 간호사에겐 때로 상처도 약이 된다.

적절한 타이밍

'아, 조금만 빨랐더라면.'

밥 먹지 않고는 일하지 못하는 나는 보통의 다른 간호사들보다 좀더 빨리 일어나 출근 준비를 한다. 물에 밥을 말아서 후루룩 마신 후 평소와 다름없이 아침 근무를 하러 갔다. 출근하자마자 병동의 물품을 확인하고, 오늘 내가 봐야 하는 자리를 눈으로 쓰윽 살펴봤다. 우리 병동은 연차에 따라 세 명에서 네 명의 환자를 보게 된다. 독립한 지 얼마 되지 않은 신규는 세 명, 중간 연차는 네 명을 보고, 그 이상의 연차는 세 명을 본다. 내가 봐야 하는 환자는 네 명이었고, 그중에는 격리실 환자도 포함되어 있었다. 격리실은 아무래도 감염에 주의해야 하기 때문에 중증도가 낮아도 손이 많이 가는 느낌이다. 담당한 환자들의 상태를 보고 있는데 한곳에 눈이 머물렀다.

아, 저멀리 보이는 환자의 숨쉬는 양상이 아주 별로였다. 의식은 있지만 점점 가라앉는 것이 눈에 보였다. 오늘도 역시 바쁠 것 같다는 느낌이 들었다. 서둘러 라운딩을 돌며 환자의 상태를 한 명씩 확인한 후 인계를 받았다. 숨쉬는 것이 아슬아슬해 보이던 환자는 어제 응급실에서 올라왔는데, 보호자에게 기관내삽관 가능성에 대해서 설명했지만 보호자가 아직 결정하지 못해 현상유지만 하며 기다리는 상태였다.

보통 응급상황일 경우, 기관내삽관을 시행하지만 경우에 따라서는 하지 않겠다는 보호자도 있기에 보호자의 결정을 기다릴 수밖에 없었다. 다른 환자까지 모두 인계를 받은 후, 정규시간에 해야 할 업무들을 시작했다. 컴퓨터 작업을 하면서도 눈은 자꾸 의식이 처져가는 환자를 향했다. 의식이 처지고 숨을 쉬지 않으면서 산소포화도가 떨어지고 호흡정지로 인해 심장이 멎는 상황이 발생할 수 있었다. 보호자가 확실히 결정하기 전에 그 상황만은 막고 싶어 눈을 뗄 수가 없었다.

컴퓨터 작업은 간호사 스테이션에 앉아서 해도 되지만, 환자가 바로 앞에 보이는 위치가 아니기에 불안했다. 자리를 옮겨 환자 바로 앞에 서서 컴퓨터 작업을 빠르게 마무리했다. 정규 주사제제들을 빠르게 쫙 돌고, 기관내관을 갖고 있거나 가래를 빼줘야 하는 환자들마다 가래를 쏙 제거한 뒤, 마지막으로 아슬아슬해 보이는 환자의 가래를 빼러 갔다. 의식이 자꾸만 처져가는 환자를 조금이라도 붙잡아보고자 큰 소리로 깨웠다.

"정신 똑바로 차리고 숨 깊게 쉬세요. 눈떠보세요."

큰 소리로 부르면 눈을 부릅떴다가 이내 다시 의식이 흩어져만 갔다. 불안한 마음에 주치의를 재촉했다.

"선생님, 세츄레이션(산소포화도) 계속 떨어지고, 멘탈mental도 떨어지는데 보호자가 아직 결정 못 했죠?"

"네. 보호자연락처 다시 한번 문자로 남겨주세요."

"보호자분, 중환자실 앞에서 기다리고 계세요."

주치의는 다시 한번 보호자에게 기관내삽관에 대해 설명했다. 보호자들은 궁금한 것들을 쏟아냈다.

"선생님, 그럼 그 튜브를 죽을 때까지 못 빼는 건가요?"

"그럼 저희는 마지막 인사를 못 하게 되는 거 아닌가요?"

"부작용은 뭔가요? 안 할 경우에는 어떤 문제가 생기는 건가요?"

환자의 숨쉬는 상태만 보면 진작에 기관내삽관을 시행했어야 했는데 보호자는 쉽사리 결정하지 못했다. 그래도 삽관을 할 수 있는 타이밍을 최대한 놓치지 않기 위해 계속 가래를 뽑으며 보호자의 결정을 기다릴 수밖에 없었다. 그렇게 한 시간마다 바이털 사인들을 확인하며 쏟아지는 주치의의 오더들을 받아내느라 정신없는 아침 근무를 이어가고 있었다.

근무 내내 그 환자에게서 눈을 뗄 수 없었으나 봐야 하는 환자는 네 명이었다. 격리 환자의 바이털 사인을 측정하고 나오는데 뭔가 느낌이 싸했다. 등골이 오싹한 느낌에 나는 바로 호흡이 아슬아슬했던 환자에게 달려갔다. 아니나다를까, 숨쉬라고 앉혀두었던 자세는 옆으로 축 늘어져 있었고, 베드사이드 모니터bedside moniter에 보이는 심박동수가 0을 향해 달려가고 있었다.

"환자분, 눈떠봐요!"

"선생님, 여기 CPR이요!"

나는 소리지르며 다른 선생님들에게 심정지 상황에 대해 알렸다. 앉아 있던 환자를 눕히고 CPR 상황에 돌입했다. "코드블루, 코드블루 ICUIntensive Care Unit(중환자실, 집중치료시설), 코드블루, 코드블루, ICU." 방송에 의사들이 자동문을 열고 몰려들어왔다. 주치의는 다시 한번 서둘러 보호자에게 상황 설명을 했고, 응급상황이라 다른 과 교수님이 기관내삽관을 시행했다. 고농도의 산소가 들어가자 환자의 심박동수도 정상으로 돌아오기 시작했다. CPR 상황을 종료하며 인공호흡기를 달았다. 인공호흡기의 산소 농도를 최고치로 해두었음에도 불구하고 환자의 산소포화도는 쉽사리 올라가지 않았다. 아무리 가래를 뽑고 인공호흡기를 조절해도 산소포화도는 70%에 머물렀다.

보호자가 결정하지 못한 상태가 너무 길었던 것이다. 응급실에 도착해 처음 설명했을 때 기관내삽관을 시행했더라면, 중환자실로 올라와 주치의가 한번 더 설명했을 때 했더라면, 그때 적절한 처치가 시행되었더라면 이렇게 급히 마지막을 준비하지는 않았을 텐데…… 안타까운 마음이 들었다.

오랜만에 대학 동기를 만났다. 여느 때처럼 병원 이야기가 주된 화제였다. 응급실에 임산부가 하혈을 하면서 급하게 실려왔고, 남편이 아기와 엄마 중에 선택해야 하는 상황이었다고 한다. 갑자기 누군가가 아기와 배우자 중 선택하라고 하면 당신은 쉽게 결정할 수 있는가?

그도 쉽사리 결정하지 못했다고 한다. 고민하는 사이 시간은 자꾸 흘러가고 아내의 상태도 악화되었다. 결국 아내는 돌아오지 못할 강을 건너갔고, 응급으로 엄마의 몸에서 아이를 꺼냈으나 아이도 뇌사 상태에 빠졌다고 한다.

아마 남편에게는 둘 중 하나를 선택해야 하는 상황 자체가 굉장한 트라우마로 남았을 거라 짐작한다. 거기다 태어난 아이가 뇌사 상태로 거의 1년을 넘게 버티고 있었다. 아이의 아빠는 이런 상황이 견디기 어려웠을 거라 생각한다. 아내도 살리지 못했고, 아이는 살리긴 했으나 뇌사, 뇌가 죽은 상태이기에 살렸다고 하기엔 반만 살린 것이다. 결국 1년 정도가 지난 어느 날 아빠는 아이의 손을 놓아버리고 더이상 돌아올 수 없는 길을 택했다.

아주 작은 희망이지만, 조금이라도 빨리 결정했더라면 아내와 아이 중 한 명과는 아픔을 이겨내고 남은 인생을 동행하며 살아갈 수 있지 않았을까?

신의 영역

사람들은 어딘가 아프거나 불편해 병원을 찾는다. 특히 중환자실은 생명이 위태로운 사람들이 들어오기 때문에 치료를 받아 극적으로 살아서 집으로 돌아가는 경우도 있고, 안타깝게도 하늘로 올라가는 경우도 있다. 그래서일까? 병원에 오면 '모든 것이 다 괜찮아질 거다. 분명 의료진들이 살려내줄 거다'라고 생각하는 분들이 있다. 의료진도 한낱 사람일 뿐인데, 신의 영역까지 바란다. 악을 쓰기도 하고 빌기도 하며 살려달라고 애원하는 사람도 있다. 의료진은 생명이 소멸해가는 사람을 이제까지의 지식을 바탕으로 살려내려 노력할 뿐, 죽어가는 사람을 일으켜세우는 주술의 능력은 없다.

연세도 좀 있고, 기저질환도 너무 많은 할머니가 있었다. 기저질환 중 하나를 치료한다고 해도 사는 데 지장이 없어질 정도는 아니었다. 그래서 주치의는 보호자에게 DNR Do Not Resuscitate(소생술 포기)에 대해 설명했다.

"기저질환도 너무 많고, 치료한다고 해도 크게 나아지는 게 없을 거예요. 숨이 멈추는 상황이 계속 반복될 겁니다. 그래서 이제는 보내실 준비를 하셔야 할 것 같아요. 심장이 멈추면 저희가 CPR을 시행하게 될 텐데, 성인이 힘껏 흉부를 압박하기 때문에 갈비뼈가 부러지거나 멍이 들 수 있어요. 보호자나 환자에 따라서 시행하지 않기를 바라시는 분들이 있어 미리 여쭤보고 동의서를 받고 있습니다. 응급상황 시에 심장마사지를 시행하여 환자분을 살리길 바라시나요?"

보호자들은 상의를 거친 후에 심장마사지만 시행하지 않겠다는 DNR 동의서를 작성했다. 할머니의 심장이 멈출 때 CPR을 시행하지 않겠다는 거고 CPR만 안 할 뿐이지 나머지 치료는 다 하고 싶다는 것이었다. 마지못해 작성하는 DNR 동의서였다.

할머니는 시간이 지나면서 혈압이 뚝뚝 떨어지며 의식이 처지기 시작했다. 혈압이 유지되지 않으니 당장 승압제부터 달았다. 매시간 혈압을 측정하며 승압제를 올렸지만 이런 처치로는 부족했다. 베드사이드 모니터에서는 연신 경고등이 깜빡였다.

할머니의 혈압은 눈에 띄게 떨어졌고 강심제까지 달았지만 꺼져가는 생명을 잡을 순 없었다. 할 수 있는 최선을 다해도 혈압이 유지되지 않자 주치의는 빨리 보호자를 불러달라고 했다. 임종 준비하셔야 한다고, 지금 당장 병원으로 오시라고, 마지막을 함께하실 분들도 다 연락해서 마지막 인사 하시라고. 그렇게 난 할머니가 보호자들과 마지막으로 인사할 수 있도록 시간을 벌기 위해 사투를 벌이고 있었다.

그래도 환자의 생명을 붙들 수 없었다. 25분 걸린다던 보호자는 더디게 오는 것만 같았고, 그 시간이 서너 시간은 되는 것만 같았다. 혈압을 유지하려 승압제를 올리고 안간힘을 써봐도 할머니의 심박동수는 110대에서 90대, 80대, 70대로 빠르게 떨어졌다. 떨어지는 속도를 보았을 때 보호자가 도착하기 전에 심장이 멈출 것 같았다. 보호자에게 다시 한번 연락했다.

"도대체 언제쯤 도착하세요? 심장박동이 너무 빠르게 떨어지고 있어요. 노력하고 있지만 유지가 잘되지 않고 있어요. 최대한 빨리 와주세요."

그러고 5분이 흘렀을까. 보호자 한 명이 울며불며 혼이 쏙 나간 채로 들어왔고, 할머니의 심박동수는 30대를 아슬아슬하게 유지하고 있었다. 주치의는 보호자에게 환자의 상태를 설명하며 더 올 보호자가 있냐고 물어봤다. 더 올 사람들이 많지만, 다 오려면 한 시간 정도 걸릴 것 같다고 했다. 주치의는 한 시간까지는 버티기 어렵다고 설명했고, 보호자는 알겠다며 어쩔 수 없음을 인정했다. 보호자와 할머니가 마지막 인사를 할 때쯤 할머니의 심장이 멈추었다. 그리고 주치의는 보호자 앞에서 사망선고를 했다. "○○○님, 10시 43분에 사망하셨습니다." 보호자들의 울음소리가 중환자실에 크게 울렸다.

계속해서 보호자들이 하나둘씩 도착했다. 갑자기 보호자 중 한 명이 "왜 미리 안 알려줬어? 어? 왜 도착했는데 심장이 멈춰 있는 거야? 말 좀 해봐"라고 소리를 지르며 난동을 피우기 시작했다. 얼굴이 빨갛게 달아올라 주치의에게 삿대질을 하며 입에 담지 못할 말들을 내뱉었다. 사망 정리를 하고 있는 나에게도 곧 때릴 것처럼 위협을 가했다.

"아침까지는 혈압이 잘 유지되다가 갑자기 혈압이 떨어져서 승압제도 올리고 강심제까지 달았는데 유지되지 않았어요. 점점 심장 뛰는 횟수도 줄어드니 보호자분에게 알렸고, 도착하시는 사이에 심장이 멈췄어요"라고 설명했지만, 그 보호자는 왜 살려놓지 않았냐고 악을 쓰며 내 멱살을 잡으려 했다. 옆에 있던 다른 보호자들이 말렸지만, 쉽게 제어되지 않았다. 같이 일하는 간호사 선생님이 나에게 다른 쪽에 가서 환자 전산 정리를 하라고 했고 이후에 청원경찰도 올라왔다. 그렇게 난 잠시 환자 앞에서 자리를 피해 사망 정리를 했고 이후 할머니는 영안실로 내려갔다. 보호자가 임종을 지킬 수 있게 노력했지만 나로서는 할머니를 도저히 잡을 수가 없었다.

무슨 이유였는지 끝내 정확한 원인을 알 수 없었지만, 간이 좋지 않아 오게 된 환자가 있었다. 간이 해독을 못해 독소들이 몸에 쌓이니 의식도 점점 혼미해져갔다. 결국 간이식을 하기로 했다. 이식받은 사람의 간은 작은 편이었는데, 이식해준 사람의 간은 큰 편이였다. 이식 후 치료하며 이식이 잘되었는지 검사들을 진행하는데, 가족과 의료진의 바람과 다르게 간은 정상적으로 기능하지 않고 있었다. 결국 두번째 간이식을 해보자는 이야기가 나와 다시 한번 수술을 하게 되었다. 두번째 수술을 하고도 차도가 없었고, 오히려 더 안 좋아지기 시작했다. 인공호흡기에 에크모에 CRRT를 달았음에도 불구하고 소생시키지 못했다. 그러자 보호자들은 환자를 살려내라며 수술했던 의사에게 욕설과 주먹질을 했다. 마지막은 신의 영역이지 한낱 사람이 좌지우지할 수 있는 게 아니었다.

어떤 환자는 몸이 예전 같지 않아 병원에 입원해 검사를 진행하다가 정말 우연히 간경화가 진행되었음을 알았다. 간이식을 받아야 했는데, 마침 뇌사자의 간을 이식받을 수 있는 상황이었다. 환자의 중증도가 나쁜 상태가 아니었기에 수술한 지 며칠 만에 침대에서 내려와 걷기 시작했고, 곧 병동으로 내려갔다.

병원에서는 환자마다 이렇게 상황 자체가 똑같이 주어지지 않는다. 시간이 더 있을 것 같은 사람이 갑자기 가는 경우가 있고, 운좋게 수술을 마치고 퇴원하는 경우가 있는 것처럼, 사람의 힘으로 되지 않는 신의 영역을 인정해야 하지 않을까.

우리는 신이 아니라 사람이다. 그렇기에 무섭다.

여보, 나 여기 무서워

중환자실에 들어오면 사회와 철저하게 차단된다. 보호자가 같이 상주할 수 없을뿐더러, 기계 오작동을 일으키기 때문에 핸드폰도 사용할 수 없다. 일반 병실에서는 흔하게 볼 수 있는 텔레비전도 없으며 수시로 기계들이 알람을 울리고, 24시간 불을 켜놓기 때문에 잠도 제대로 잘 수 없다. 응급상황이 터지면 다른 환자들의 안정을 위해 커튼을 치고 대처하지만, 의식이 있는 사람이라면 상황이 어떻게 돌아가는지 대략적으로나마 알 수 있을 것이다.

일의 우선순위가 중요한 부서인 만큼 무언가를 요구해도 당장 처치를 해주지 않아 의료진들의 태도가 불친절하다고 느낄 수도 있다. 또한 몸에 중요한 기계들을 많이 가지고 있을 경우에는 보호자 동의를 받은 후 신체보호대를 적용해 움직임이 제한되기 때문에 엄청 불편하다고 느낀다. 기계의 모니터들을 다 달고서는 화장실을 이용할 수 없어서 화장실 자체가 없다. 침대 아래로 내려올 수 없으며, 대소변을 보면 간호사들이 치워주는 상황이 불편하게 느껴질 수밖에 없다.

더군다나 간이식을 하는 환자는 면역 억제제를 사용하기 때문에 무균실에서 치료를 받는데, 들어오는 사람마다 모자, 일회용 가운, 장갑, 마스크까지 착용하고 들어오니 낯설고 무섭게 느껴질 수 있다. 그나마 간호사가 일대일로 간호하며 무균실 안에 같이 있다면 무서움이 덜할 수도 있는데, 간호사 한 명당 보통 서너 명을 보기 때문에 간호사가 잠깐 자리를 비웠을 때 기계의 알람들이 울리면 더 무섭다고 표현한 환자들도 있었다.

술로 인한 간경화로 간이식을 한 후 중환자실로 온 환자가 있었다. 대부분 처음에는 큰 수술을 감당해내느라 기력도 없고 손가락 하나 까딱하는 것도 힘들어한다. 인공호흡기도 달고 있고 밥 먹을 힘도 없어 처음엔 L-튜브(일명 콧줄)로 경관유동식을 공급한다. 그러다 물을 넘길 수 있을 정도가 되면 미음부터 시작해 죽, 밥까지 먹어보는데, 수저를 들 힘도 없고 몸에 중요한 장치들을 너무 많이 달고 있기도 하고 의식도 완전히 명료하지 않기에, 신체보호대를 적용하고 있는 관계로 간호사나 보호자가 밥을 먹여주어야 한다.

하루는 점심 면회시간에 아내분이 환자와 대화하면서 미음을 먹여주었다. 식사도 다 마치고 면회시간이 끝나 아내분이 저녁에 오겠다고 인사하자 환자는 가지 말라며 고집부리기 시작했다.

환자: 어디 가?

보호자: 면회시간 끝났어. 이제 나가야 해.

환자: 나가지 마. 여기 옆에 있어.

보호자: 병원규정상 그렇게 하면 안 돼. 그럼 다른 보호자들도 다 있고 싶어하지.

환자: 그럼 저기 내가 보이는 곳에 있어.

보호자: 당신 밥 먹었으니까, 나도 이제 딸이랑 밥 먹어야지.

환자는 한참을 멍하니 침묵하더니 한마디를 툭 던졌다.

"여보, 나 여기 무서워……"

순간 아내분과 나는 눈이 마주쳤고 눈에 눈물이 고이고 말았다. 식사할 수 있을 정도로 상태가 호전된데다 꽤 오랜 시간 중환자실에 있어서 익숙해졌을 거라고 생각했다. 내가 바빠서 환자의 입장에서는 생각해본 적이 없었다. 나의 아빠 나이 정도인 환자가 이런 이야기를 할 거라곤 생각하지 못했다. 잘 버텨

내고 있다고만 여겼는데, 아내에겐 솔직한 자신의 마음을 털어 놓았던 거다. 환자의 속마음이 툭 하고 나오자 거기까지 생각하지 못한 내가 부끄러웠다. 아내분도 나가다 말고 눈물이 고인 채로 말했다.

"나 여기 문 앞에서 꼭 기다릴게. 당신이 부르면 바로 들어올게. 우리 저녁 면회시간에 봐요."

이후로도 오랜 시간 동안 여러 명의 간이식 환자를 보았다. 그중 술 때문이 아니라 B형간염 보균자로 최근에 한약을 먹고 간이 망가진 사람이 있었다. 40대 여성이었는데, 엄마 생각이 나서 마음이 더 갔다. 한번은 이런 적도 있었다. 오랜만에 본가에 다녀와 바로 근무 복귀를 했다. 우리 엄마가 습관적으로 나에게 하는 말이 있다.

"밤에 이상한 거 먹지 마. 밤에 뭐 먹는 거 몸에 안 좋아."

"살 많이 쪘네. 여기서 더 찌면 안 돼. 그만 먹어."

"라면 그만 먹어라."

한창 근무하고 있을 때쯤 저녁 면회시간이 되었고 환자의 딸이 들어왔다. 난 그것도 모른 채 기록을 남기느라 정신없이 컴퓨터를 보고 있었다. 환자는 딸을 보자마자 한마디했다.

"밤에 이상한 거 먹지 마. 살쪄. 라면 그만 먹어라."

기록을 남기다가 뒤를 돌아봤다. 순간 나에게 한 말인 줄 알았다. 딸과 나는 찔려서 눈이 마주쳤고 "그런 거 안 먹어요"라고 대답했다.

어느 날은 주무시라고 불을 껐는데도 환자가 좀처럼 잠들지 못했다. 중환자실은 24시간 불이 켜져 있고, 여기저기서 기계 알람이 울리기 때문에 쉽사리 잠들기 힘든 공간이다. 며칠 동안 잠을 자지 못하면 ICU 증후군Intensive Care Unit syndrome이라고 중환자실에서 발생하는 정신질환(일반 병동에서 잘 자고 푹 쉬면 괜찮아진다)이 나타나거나 간성혼수로 의식이 혼미해질 수 있다. 그렇기에 잘 잠들도록 신경을 썼음에도 불구하고 환자는 좀처럼 잠들지 못했다. 눈은 졸려서 반쯤 풀려 있는 그녀에게 질문했다.

"왜 못 주무세요?"

"잠이 안 와."

"왜 잠이 안 와요! 잠자는 거 엄청 중요하다고 제가 저번에 말했잖아요."

"자꾸 선생님이 밖에 나가 있어서 잠이 안 와."

이 말을 듣자 마음이 쿵 내려앉았다. "나 무서워"라고 말했던 아저씨처럼 옆에 누군가가 자신을 지켜주고 있어야 잠들 수 있었던 것이다. 그 불안이 얼마나 클까, 내가 상상할 수도 없는 크기일 거라는 생각이 들었다. '자고 싶다'는 건 사람의 기본적인 욕구인데, 그 기본적인 욕구를 이기는 불안이라니, 크기가 가늠

되지 않았다.

같이 있는 공간에서 키보드를 두드리며 일하면 방해될 것 같아 밖에 나가서 일하고 있었는데, 당장 일감을 챙겨 바로 격리실 안으로 들어왔다. 그리고 조심히 키보드를 두드리며 일하자 그녀가 스르르 잠이 드는 것을 볼 수 있었다.

사실 간호사인 나도 무섭다. 간호사이기 전에 20대 여성일 뿐이다. 마음도, 행동도 어리고 성숙하지 않은 것 같은데 주변의 기대는 커져만 간다. 누군가의 삶을 지켜내야 하고, 누군가의 불안이 가늠되지도 않으면서 알아주려 노력해야 한다. 주변의 기대는 커지고 시간은 빠르게 흐르지만, 나는 여전히 성장통을 겪으며 제자리에 머물러 있는 것 같다.

아직도 부족한 것이 많은데 어른이 되어야 한다. 어른인 척하는 아이라 많이 무섭다.

잠 못 드는 밤

똑같은 하루가 반복되고 있었다. 신규 시절이 지나가니 여유가 생기면서 하루하루가 무의미하게 느껴졌다. 바쁜 날은 정말 눈코 뜰 새 없이 바빠 일하다 도망가고 싶었고, 좀 한가한 날은 '음, 이 정도면 그래도 할 만한 것 같아'라는 생각을 했다. 이렇게 무의미하게 바쁘기도, 여유 있기도 한 퐁당퐁당한 나날을 보내고 있었다.

그날도 평소와 다를 것 없이 출근했다. 근무를 본격적으로 시작하기 전에 병동의 물품을 세면서 중환자실을 쭉 한번 둘러봤다. 당연히 더 눈길이 가는 곳은 내가 오늘 하루 봐야 하는 환자들의 자리였는데, 그중 한 환자가 기관내삽관이 필요한지 그 주위로 사람들이 분주하게 움직이는 모습이 보였다.

'오늘은 좀 바쁘겠네'라는 생각이 들면서 빠르게 물품을 세고 봐야 하는 환자들의 상태를 파악했다. 진단명부터 시작해서 의식 상태, 달고 있는 기계들, 기계들의 설정값과 기록의 일치 여부 등을 살폈다. 수술한 환자라면 수술 부위들, 배액 양상, 들어갈 약물 등을 확인했다. 한명 한명 파악한 후, 마지막으로 기관내삽관을 시행한 환자를 살피기 시작했다.

이 환자는 기관내삽관을 시행하고 인공호흡기를 달고 있었다. 환자에게 맞는 안정적인 호흡 상태를 찾기 위해서 계속 동맥혈가스검사를 하며 인공호흡기의 모드, 세팅값을 조절하느라 정신없었다.

환자는 CRRT라는 투석기도 달고 있었다. 하루 2~4시간짜리 투석이 아닌 24시간 연속 투석하는 환자들은 혈압이 유지되지 않는 경우가 많다. 이 환자 역시 승압제를 보통 용량의 두 배에 한 시간당 들어가는 최고치의 용량을 쓰고 있었다. 그럼에도 불구하고 혈압이 유지되지 않으니 항이뇨제(신장에서 물의 재흡수를 촉진시켜 농도가 높은 오줌을 만들거나 혈관을 수축시켜 혈압을 높이는 기능을 하는 호르몬제)까지 달고 있었다.

더군다나 나에게 이 환자를 인계해준 선생님은 독립한 지 얼마 되지 않은 신규 선생님이었다. 나도 덜렁대고 무언가를 잘 빼먹는 성격인데, 신규 선생님이 거르지 못했던 것들을 걸러야 했고 빼먹은 것들을 채워넣어야 했기에 근무 시작부터 한없이 예민하고 긴장한 상태였다.

근무하는 내내 그 환자의 앞을 떠날 수가 없었다. 1초 아니, 0.5초 사이에도 환자의 상태는 위태로워졌다. 지속적으로 떨어지는 혈압에 주치의에게도 거의 5분 단위로 보고했다.

"선생님, ○○○님 혈압이 유지가 안 돼요."

"승압제 지금 시간당 40cc로 들어가고 있죠? 더이상 쓸 수가 없는데, 강심제 오더 낼게요. 달아주세요."

강심제를 달았음에도 불구하고 증량, 또 증량을 반복했다. 잠시 숨 좀 돌리려고 하면 기계들이 소변백을 비워달라, 투석액이 다 되었다며 울리기 바빴다. 시시각각 변하는 환자의 상태에 거의 한 시간마다 피검사를 시행했고 수혈을 진행하기도 했으며, 계속 대변을 봐서 기저귀를 갈아주느라 잠시 앉을 시간도 없었다. 화장실을 가고 싶다는 생각마저 잊어버린 채 아홉 시간이 한 시간처럼 지나가버렸다.

다음번 근무 선생님이 오실 때까지 그저 내가 처치할 일들을 시행하기에만 바빴지, 내 근무 전 신규 선생님이 시행한 것들이 제대로 되어 있는지는 파악하지 못했고, 다음번 근무 선생님에게 인계하고 나서야 빠진 부분들을 채워넣기 시작했다. 평소 퇴근시간보다 늦게 일을 마치고 집으로 향했다.

나는 보통 집에 오면 바로 잠들지 못한다. 한두 시간 정도는 텔레비전을 보거나 음악을 들으면서 '간호사'에서 '나'로 돌아오는 시간을 거치고서야 씻고 잠이 드는데, 그날은 씻을 기력도 없이 너무 피곤했다. 침대에 쓰러지다시피 한 나는 간신히 한 발짝씩 움직여 씻은 후 바로 잠이 들었다.

"혈압 떨어져요, 선생님."

"강심제 오더 낼게요. 달아주세요."

'응? 이거 꿈인가? 현실인가?'

평소에 꿈을 잘 꾸지 않던 나는 악몽에 시달렸다. 꿈속에서 오늘 바빴던 상황들이 계속 반복되며 나를 괴롭혔다. 잠시 앉을 시간도 없이 승압제를 올리고 강심제를 달고, 승압제를 너무 많이 사용한 탓에 피부에 물집이 잡히고 터지며 살갗이 벗겨지자 행여나 피부에 종이테이프를 붙이면 떨어질까 환자의 온몸을 메디폼으로 덮는 꿈. 하루 동안 힘들었던 일들이 계속 반복되면서 꿈속에서도 일을 했다. 그 괴로운 상황들을 지속하며 단 한 번도 깨지 않았다. 가위까지 눌려 꼼짝도 할 수 없었다. 그렇게 한바탕 밤을 보내고 일어나니 하나도 잔 것 같지 않았다.

지겹게 울리는 알람에 겨우 눈을 뜰 수 있었다. 피곤한 몸을 이끌고 출근해 전날 나에게 인계했던 선생님에게 꿈속에서 시달린 내용을 하소연하듯 이야기했다. 그랬더니 선생님도 깜짝 놀라며 자신도 집에 가서 잠을 자는데 꿈에 하루종일 병원에서 시달린 것들이 계속 반복해서 나왔다고 한다. 꿈이라는 게 무의식의 공간에 자신의 생각과 고민을 출현시킨다던데, 예민하게 일했더니 무의식의 공간까지 침범한 것 같다며 어떻게 두 명이 같은 꿈으로 시달릴 수 있냐고 웃으며 인계를 받았다.

솔직히 그 환자를 보는 며칠 내내 혈압이 너무 불안정해서 '소생하는 게 가능할까?'라는 생각이 조금은 들었다. 이렇게 매달리기를 며칠째, 환자는 포기하지 않았던 주치의와 악몽까지 꾸며 매달렸던 후배 간호사와 나에게 보답이라도 하듯 호전되었고 병동으로 향할 수 있었다.

환자를 보는 며칠 동안 너무 힘들었다. 잠도 제대로 못 자고 극한의 상황을 자꾸 경험하다보니 정신이 피폐해졌다. 그만두고 싶고 출근하는 것이 두려웠다. 그래도 호전되는 환자를 보면서 내가 고되게 보낸 하루가 절대 무의미하지 않았음을 느낄 수 있었다.

기관내삽관을 하는 경우, 튜브가 빠지지 않도록 관 끝 쪽에 풍선을 불어넣어 고정해두기에 목소리가 나오지 않게 된다. 환자 A는 기관내삽관을 하고 있었고 목소리가 나오지 않으니 '똑딱' 소리로 간호사를 부른 뒤 자신이 원하는 것을 입 모양이나 글로 표현했다.

"똑딱똑딱."

"뭐 불편한 거 있으세요?"

'(입 모양으로) 그냥.'

"자꾸 이렇게 부르시면 제가 일을 못 해요. 정말 불편한 거나 할말이 있으실 때 불러주세요."

다시 할일을 하고 있는데 또 나를 부르는 소리가 들려왔다.

"똑딱똑딱."

"(하던 일을 멈추고 환자를 향해서) 왜요?"

'(입 모양으로) 내 옆에 있어.'

"일 마무리하고 올게요. 환자분만 보는 게 아니라 다른 환자들도 봐야 해요."

불안하니 옆에 있어달라는 이야기다. 물론 나도 알지만 아직까지 우리나라 간호 시스템의 현실상 어려운 이야기다. 환자는 불안하니 잠들지 못했고, 너무 졸려서 눈이 스르르 감기다가도 번쩍 뜨며 '똑딱똑딱' 소리로 나를 부르기 일쑤였다.

그 환자 옆에 울혈성 심부전으로 입원한 환자 B가 있었다. 이 환자는 심장에 물이 너무 많아 금식 치료중이었는데 툭하면 "물 줘! 물 내놔!"라고 중환자실이 떠나가라 소리지르곤 했다. 불안해서 '똑딱똑딱' 하는 환자와 시도 때도 없이 소리를 질러대는 환자를 동시에 보게 된 것이다. 환자 A가 겨우 잠들만 하면 환자 B의 고함에 깨기 일쑤였다. 환자 B는 소리지르며 난동피우는 탓에 신체보호대까지 적용하게 되었는데, 이후에는 발로 침대를 계속 차기 시작했다. 이들은 계속 나를 불렀고 며칠 내내 잠들지 못했다.

그렇게 그들에게 며칠을 시달린 후 오랜만에 엄마가 보고 싶은 마음에 근무를 마치고 본가로 향했다. 평소 집에 가면 긴장이 풀려서 머리만 대면 잠이 드는데, 그날은 졸려서 눈은 감겨 있으나 '똑딱똑딱' 소리와 "물 줘!" 고함소리가 환상의 하모니를 이루며 귓가에 맴돌았다.

"딸, 왜 이렇게 잠을 못 자고 뒤척일까?" 엄마의 말에 누워 있다가 똑바로 앉아 며칠간 있었던 이야기를 털어놓았다. 엄마는 환자 A의 마음이 너무 이해가 된다고 하셨다. 내가 초등학생 때 엄마가 아파서 병원에 몇 달 누워 있었던 적이 있다. 흉관을 양쪽에 각각 세 개씩 유지하고 있었다. 아픔에 시달리다가 겨우 잠들려고 하면 반대편에 누워 있던 환자가 고통에 내지르는 소리가 들려왔고, 그때마다 너무 불안했다고 한다. 몸이 아픈 상태에서는 내가 어떻게 될 것만 같아 마음속에 늘 불안을 깔고 있는데, 누가 소리지르면 당장이라도 어떻게 될 것 같아 더 불안했다고 한다. 엄마의 말을 듣고 나니 환자 A의 마음을 조금이나마 이해할 수 있었다. 인공호흡기를 달고 있으니 목소리도 나오지 않고 자신이 무엇 때문에 불안한지, 자신의 마음이 어떤지 정확히 표현하는 것조차 어려웠을 것이다. 우린 그냥 표정만 보고 '불안하시구나'라고 생각할 뿐이었다. 게다가 할일이 너무 많으니 그 마음을 찬찬히 들여다볼 시간이 없었다. 이내 약간의 짜증이 났던 내가 부끄러워졌다.

페르소나

연예인들의 일상을 보고 심리를 파헤치는 〈비밀의 정원〉이라는 프로그램이 있었다. 한번은 게스트로 개그맨 장동민씨가 나왔는데 그는 일상에서 상황에 맞게 자신의 역할을 수정해나갔다. 방송에서는 이런 모습을 '페르소나'라 한다고 소개했다. 사람들은 상황에 따라 적절하게 바꿔 쓸 '가면'을 가지고 있다는 말이다.

신규 시절 가장 적응되지 않던 것이 내가 이제까지 몰랐던 나의 '페르소나'였다. '나는 누구인가?'라는 혼란스러움에 빠져 다시 사춘기를 겪는 것 같았다.

병원에 입사하기 전까진 부모님과 함께 지냈기에 혼자서 책임져야 하는 상황은 많지 않았다. 문제가 발생하더라도 부모님이 개입하여 해결해주었다. 나는 그저 같이 사는 부모님이 원하는 딸의 모습으로 자라려 노력했다. 입사 전 웨이팅 기간에는 학원 아르바이트와 대학 조교를 하며 사회생활을 했지만, 혹독한 경험은 없었다.

병원에 입사하니 높은 연차의 선생님들과 마주하게 되었다. 선생님들이 너무 어려웠고, 어떻게 해야 할지도 모르겠고, 낯을 가리기 시작했다. 자기소개서에 "저는 낯가림이 없습니다"라고 쓸 정도로 이제까지 살면서 낯가림이 있다고는 한 번도 생각해본 적이 없었다. 선생님의 변한 머리스타일이 예뻤지만 한마디도 건네지 못했다. 친하지도 않은데 잘 보이려 아부하는 말처럼 느껴졌다. 이런 생각을 한다는 것도 당혹스러웠고, 전혀 모르는 환경에 적응하려다보니 평소에 몰랐던 나의 모습들이 툭 튀어나와 당황하곤 했다. 그렇게 내가 가진 수많은 페르소나를 받아들여야 하는 여정이 시작되었다.

중환자실에서 근무하다보면 의식이 명료한 사람이 50%도 되지 않는다. 의식이 아예 없는 사람, 인공호흡기를 달고 진정제를 투여한 사람, 술을 매일 마시다가 병원에 입원하면서 금단하다보니 의식이 혼미해지고 DT Delirium Tremens(진전섬망, 중증 알코올의존증 환자에게 생기는 이탈증상의 하나로 떨림, 의식혼탁, 환각 등이 나타난다) 증상에 빠진 환자 등, 여러 이유로 정상적이지 않은 사람이 많다. 물론 일상생활에서 보기 어려운 사람들이다. 의식이 혼미한 상태라 중환자실에서도 제어가 되지 않고 협조가 잘 되지 않는다. 간호사를 때리기도 하고, 일하고 있는 간호사를 갑자기 물기도 하여 봉합해야 하는 경우도 생긴다. 얼굴에 침을 뱉거나 입에 담을 수도 없는 심한 욕설을 하기도 한다. 그밖에도 각종 돌발적인 행동들을 하기 때문에 신체보호대를 적용하기도 한다. 의식이 혼미해서인지 힘도 헐크 같다. 신체보호대를 세게 당겨 찢어지는 경우도 허다하다.

그중 자살시도를 하고 온 사람이 있었다. 투석 치료를 받고 의식도 깨끗해져 머지않아 병동으로 가게 되리라고 생각했다. 그런데 어느 날 나이트 근무를 시작할 때쯤 이치에 맞지 않는 소리를 하기 시작했다.

"너네들, 어떻게 내 카드로 나가서 삼겹살이랑 술을 먹고 올 수가 있어? 이게 말이 되는 소리야? 응? 이게 말이 되는 상황이냐고?"

일단 중환자실에서는 그 어떤 소지품도 갖고 있지 못하기 때문에 그는 애초에 카드를 가지고 있지도 않았다. 또 어느 간호사가 근무하다 말고 술을 먹고 오겠는가.

"환자분, 여기 어디예요?"

"여기 병원이지! 나 정신 안 이상해."

그래도 여기가 병동인지는 인지하고 돌발 행동은 하지 않으니, 여기는 병원이고 카드는 보호자분 드렸다고 차분히 설명했다. 그러고 나서 한 시간도 지나지 않아, 환자는 주삿바늘을 제거하고 침대에서 일어나 난동을 피우기 시작했다.

"너네 내 카드로 회식하고 왔잖아. 술 먹고 온 거 다 알아. 내가 너네 고발할 거야! 우리 아빠 시한부 판정받았어. 내가 여기에서 이럴 시간이 없단 말이야!"

지금은 시간이 너무 늦었으니 내일 아버지께 연락드리겠다, 진정하시라고 했지만, 대화가 되지 않았다. 침대에서 일어나려 했고, 가까이 오는 사람을 때리려 할 뿐 아니라 입으로 물기까지 했다. 침대에서 일어나려고 하다가 낙상하면 뇌출혈 등의 위험성도 있기에 신체보호대를 적용하고자 팔을 잡았다. 그러자 입을 오물거리더니 간호사 얼굴에 침을 뱉었다.

얼굴에 손가락만한 침이 묻자 순간 욱해서 "아, 진짜! 얼굴에 침 뱉으면 안 되죠!"라며 화를 냈다. 어차피 화를 낸다 한들 그는 충분한 사고를 할 수 없는데 말이다. 그런 내 모습이 괴물 같았다.

나는 내가 부당한 일을 참지 못한다는 것도 일하면서 처음 알았다. 학생 때는 모든 사람이 거의 동등한 관계이고, 부당한 일이 없었다. 설사 있어도 내가 부족해서 그러려니 생각했다. 다른 사람 일에 크게 관심 있는 편이 아니라서 매사에 그러려니

하며 살았다.

그런데 사회생활이라는 것을 시작해보니 부당한 일이 너무 많았다. 아니, 어쩌면 내가 생각한 건강한 사회와 현실 사이의 괴리감이 컸던 것 같다. 간호사 사회에서 흔히들 말하는 '태움'(영혼이 재가 될 때까지 태운다)이 이 정도일 줄은 생각도 못했다.

신규 간호사는 병원 실무가 처음이기에 일을 제대로 못하는 것이 당연하다. 물론 잘 헤쳐나가는 사람도 있긴 하다. 우리 병원은 그래도 교육 기간이 긴 편이지만, 다른 병원은 굉장히 짧은 시간 내에 교육하고 환자를 맡긴다고 들었다. 가르칠 때는 사람 목숨이 쉽냐는 식으로 혼내면서, 왜 교육시간은 적고 환자는 이리도 많은 건지, 솔직히 시스템에 문제가 있다는 생각이 들었다.

어쨌든 경력 간호사들은 신규 간호사를 보고 있으면 답답하리란 생각은 든다. 모든 것이 서툴고, 경력이 쌓이면서 생기는 요령이 아직 없는 탓이다. 그런 신규 간호사들을 다독이는 것이 아니라 험악한 분위기를 조성하며 '태우기' 시작한다.

"넌 어떻게 이러고도 국가고시를 합격했어?"

"부모님께 가정교육을 어떻게 받은 거야?"

이런 말들로 마음에 생채기를 낸다.

'여자 군대'라고 불리는 간호사들 세계에선 신규 간호사라는 죄로 그저 고개를 푹 숙이며 "죄송합니다"라고 할 뿐이다. 처음엔 나도 그랬다. 그러다 문득 마음속에서 '왜 그래야만 하지?'라는 생각이 들었다.

일을 제대로 해내지 못한다고 해서 부모님 욕을 하는 건 부당하지 않나. 지금껏 신규 간호사들이 문제를 제기하지 않아서 이 악습이 지속된다고 생각했다. 그래서 그뒤로 나는 정말 죄송한 경우를 제외하곤 "죄송합니다"라는 말을 하지 않았다.

한 신규 선생님이 '죄송봇'처럼 "죄송합니다"를 반복하는 것을 본 적이 있다. 크게 혼낸 것도 아니고, 그저 빠진 부분을 채워주고 가라는 지시에 그리한 것이다. 연속된 '죄송합니다'라는 말에는 영혼이 없는 것처럼 느껴졌다. 그리고 바쁘다보면 빠뜨릴 수도 있는 부분이었는데, 큰 죄라도 지은 것처럼 말하는 신규 선생님을 보면서 안타까웠다. 뭐가 그렇게 죄송해야만 하는 일들이 많은 걸까? 그래서 신규 선생님에게 정말 잘못해서 죄송한 경우가 아니라면 "죄송합니다"라는 말을 하지 않았으면 좋겠다고 했다.

이런 상황들을 겪으면서 내 주변 사람들은 내가 불편했을 거란 생각이 든다. 나의 이런 불편한 시선을 두고 "사회생활 그렇게 하면 안 돼"라고 말하는 사람도 있었다. 그래서 '내가 문제인 건가? 내가 미운 오리새끼인 건가?'라는 생각이 들 때도 있었다. 하지만 꼭 해야 하는데 아무도 하지 않는 질문을 하는 것뿐이라고 생각하니, 이런 내 모습을 받아들일 수 있었다.

커트 코베인은 이런 말을 했다. "내가 아닌 모습으로 사랑받느니 있는 그대로의 내 모습으로 미움받겠다." 일을 시작하고 나서 나의 많은 페르소나를 알게 된 나는 일하기 전과 후의 성격이 많이 바뀌었다. 한창 혼란스러울 때는 한껏 예민해져 화를 정말 많이 냈다. 늘 화내다보니 모든 것에 불평불만이었다. 그러다 내가 부정적인 요소들을 찾아 화를 내는구나, 깨달은 순간, 평온해지기 시작했다. 이런 모습도 내 모습이고, 저런 모습도 다 내 모습인데 '스스로를 너무 부정했구나, 나의 페르소나를 인정하지 못했구나' 싶었다. 남들의 기대에 부응하기 위해 진짜 나의 모습을 감추려 하는 대신 이 모든 면이 나의 페르소나임을 인정하기로 했다.

마지막 인사

아주 바쁜 이브닝 근무를 견뎌내고 있었다. 응급실에서는 환자 빨리 올라갈 수 있냐고 전화가 빗발쳤고, 중환자실에서는 환자를 받아내느라 정신이 없었다. 우리 병원에 중환자실은 총 네 개가 있는데, 응급실에 소아응급이 생길 경우, 우선적으로 우리가 두 명을 받게 되어 있다. 만약 자리가 다 차 있으면, 데리고 있던 환자를 다른 중환자실에 보낸 후 소아를 받는 시스템이다. 그날은 소아응급실에 자발적인 호흡이 약해 기관내삽관을 시행한 후 인공호흡기를 달아야 하는 아이가 두 명 있었다.

"선생님, 여기 인공호흡기가 따로 없어서 주치의가 계속 앰부 짜고 있어요. 죄송한데 좀만 더 빨리 받아줄 수 없을까요?"

"선생님, 저희도 그래서 최대한 빨리 받고 있어요. 일단 한 명

올려주세요."

30분 정도가 흘렀을까. 한 아이가 올라왔다. 경련을 계속 일으켜 혹시나 하는 상황에 인공호흡기를 연결해 지켜봐야 하는 환아였다. 오자마자 인공호흡기를 연결하고 입원 시 처방을 처리해나갔다. 수액과 주사제를 주고 정신없이 환아를 정리하고 있던 찰나 응급실에서 전화가 또 왔다.

"선생님, 아기 CPR 계속하고 있어요. 좀만 더 빨리 받아주실 수 없을까요?"

"알았어요. 상황 정리되고 나서 올라올 수 있을 때 올려주세요."

원래 있던 아이의 처치를 빠르게 시행하고 다음 아이를 받을 준비를 했다. 내 환자가 아니기에 의무기록을 들여다볼 시간이 없었다. 단지, 소아응급실에서 오기에 소아라는 것만 알고 있었다. 환자 오기 전에 준비해야 할 것들을 챙겨놓고 환아를 받는 선생님 옆에서 더 준비해야 할 것들이 있나 의무기록을 같이 봤다. 입원 동기를 보는 순간 나는 큰 충격에 휩싸였다.

아이의 엄마가 아기를 눕혀놓은 채 베개로 눌러서 병원에 오게 된 것이다. 무슨 이유에서 그렇게 행동했는지 모르겠지만, 너무 안타깝고 화가 나는 사연이었다. 아이 엄마는 바로 경찰서로 연행되었다고 했다. 충격에 휩싸여 있는 그때 중환자실의 자동문 사이로 큰 침대 위에 작은 아이가 실려 들어왔다.

너무 예쁜 아이였다. 눈이면 눈, 코면 코, 입술이면 입술, 머리 모양이면 머리 모양…… 정말 다 예쁘게 생긴 아이가 작은 튜브를 입에 달고 창백해진 상태로 누워 있었다. 아이를 옮기려 두 손으로 안았을 때, 아이의 몸은 가볍게 들렸지만 손은 축 늘어져내렸다. 침대를 옮겨 수액 라인들을 정리한 후 인공호흡기를 적용했다. 그리고 혹시 아동학대의 흔적이 있는지 아이의 몸을 샅샅이 다 살펴보았다. 마지막으로 기저귀가 축축한 것 같아 기저귀를 열었다. 이미 어디선가 출혈이 시작되었는지 빨간 피가 흠뻑 묻은 동그랗고 길쭉한 소시지처럼 생긴 무언가가 덩그러니 나와 있었다. 보는 순간 주치의와 눈이 마주쳤다. 나는 "이거, 뭐예요?"라고 질문했고, 주치의도 당황하며 "지금 장기 나온 건가요?"라고 되물었다. 서둘러 그 무언가를 눌러보았다. 다행히 대변에 피가 많이 묻은 거였다. 다들 안도의 한숨을 쉬며 기저귀를 새로 갈고 깨끗하게 정리한 후 아이의 상태를 지켜보았다. 인공호흡기를 적용하고 나서도 산소포화도는 그다지 안정적이지 않았고, 심박동수도 느려져가기만 했다. 아이의 심박동수는 점차 0을 향해 달려가고 있었고, 우리는 그런 아이를 살려내기 위해 약물을 주입하며 CPR을 시작했다.

누군가는 기관내관에 앰부백을 연결해 앰부를 짜기 시작했고, 누군가는 아이의 가슴을 압박하기 시작했다. 그러자 기관내관으로 피가 오르락내리락했고, 입에서도 주르륵 흘러나왔다.

서둘러 석션을 시행했다. 입으로 피가 흘러내린 탓에 아이의 볼에 기관내관을 고정해둔 테이프가 떨어져 너풀거렸다. 어른들이 쓰는 기관내관은 관 끝에 얇은 고무주머니인 커프cuff가 달려 있다. 커프에 공기를 부풀려 튜브와 기관 사이를 기밀하게 고정시켜주는 원리이다. 소아들이 쓰는 기관내관에는 커프가 있는 것과 없는 것 두 종류가 있는데 주로 커프가 없는 것을 사용한다. 커프가 없는 관을 쓸 경우 튜브가 쉽게 빠질 수 있어, 이를 고정하기 위해서는 입을 거쳐 볼에 테이프로 잘 고정하는 방법밖에 없다. 서둘러 기관내관을 고정하고자 아이에게 달라붙었다.

작은 아이에게 심장마사지를 하기 위한 주치의 한 명, 앰부를 짜는 주치의 한 명, 약물 주사하는 간호사 한 명이 붙어 있어 비좁았다. 그 사이를 비집고 들어가 튜브를 고정하기 위한 사투를 벌이기 시작했다. 튜브를 고정하고 나면, 입과 코에서 흘러나오는 피를 흡인하고, 다시 너풀너풀해진 기관내관의 테이프를 고정하는 과정을 반복했다.

아이의 얼굴을 가까이에서 쳐다보자니 또다시 이유 모를 화가 나기 시작했다. 어찌하여, 왜, 이 어린아이에게 무슨 잘못이 있다고 그렇게 잔혹한 일을 저질렀을까. 왜 아이의 마지막을 이렇게 모든 구멍으로 피가 나오는 예쁘지 않은 모습으로 보내야만 할까. 감정이 조절되지 않아 눈물이 고였다.

안타까운 내 마음과는 달리 CPR은 계속되었고, 회복된 아이는 몇 분을 버티는가 했더니 이내 심박동수가 0을 향해 달리고 있었다. 그런 아이를 붙잡으려 우린 CPR을 다섯 차례 반복했다.

계속되는 CPR에 주치의가 보호자인 아빠에게 상태 설명을 하며 더이상은 어려울 것 같다고 말했다. 중환자실 밖에서 병원이 떠나가라 우는 가족들의 통곡소리가 들려왔다. 그 소리에 비례해 우린 마음속으로 울고 안타까워하면서 CPR을 반복하고 있었다.

중간에 아이의 심박동수가 조금 회복되었을 때, 중심정맥관이 없으면 승압제 등 약물 쓰기가 어려우니 주치의들이 중심정맥관을 잡기 위해 조그마한 아이의 몸에 달라붙었다. 그 와중에도 아이의 심장이 멈췄다 뛰었다를 반복했고, 심장마사지를 하며 동시에 중심정맥관을 잡으려니 몸이 흔들려 쉽지 않았다. 응급실에서도 여러 번 시도했지만 잡지 못했고, 중환자실에서는 주치의가 잡지 못하니 교수님들도 나서서 시도했지만, 몸이 흔들리는 상태에서 중심정맥관을 잡는다는 게 쉬운 일은 아니었다. 결국 계속되는 CPR에 중심정맥관을 잡지 못했다.

눈물이 고인 채 CPR을 하다 문득 그런 생각이 들었다. 무슨 이유에서 아이에게 못할 짓을 했는지 잘 모르겠지만, 아이의 엄마는 경찰서에서 조사를 받고 있으니 아이의 마지막 모습을 못 보겠구나. 마지막으로 손 한번 잡아주지 못하겠구나……

심장이 멈추고 회복하기를 반복하며 몇 시간째 CPR을 계속 했지만, 아이는 끝내 돌아오지 못했다. 아이 아빠도 결국엔 어떻게 할 수 없다는 것을 받아들였고, 아니, 받아들여야만 했고, 주치의가 보호자 앞에서 사망선고를 했다. 아이 아빠의 절규를 지금도 잊을 수 없다.

절규하던 아이 아빠가 갑자기 상의를 벗기 시작했다. 당황한 나머지 우리는 일을 멈추고 그를 말렸다.

"아버님, 이러시면 안 돼요……"

그때 아이 아빠가 던진 말 한마디가 유리처럼 마음에 콕 박혔다.

"아이가 너무 차가워서 한번 안아주려고요……"

말릴 수가 없었다. 아니, 말릴 이유가 없었다. 그렇게 아빠는 아이와 마지막 인사를 했다.

나 좀 죽여줘

OECD 기준 13년 연속 자살률 1위.

우리나라가 OECD 국가에서 자살률 순위가 상위권을 차지한다는 것을 알고는 있었지만, 주변에서 자살하는 경우를 흔히 볼 수는 없었다. 그래서일까. 나는 저 순위가 와닿지 않았다. 그랬던 내가 중환자실에 근무하면서 놀랐던 것 중 하나가 생각보다, 그리고 알려진 것보다 자살시도를 하는 사람들이 많다는 것이다. 또 뉴스상으로는 젊은 사람들, 특히 학생들이 자살시도를 많이 하는 것 같지만, 실상은 중년부터 할머니, 할아버지들도 많다. 살아가면서 사연 없는 사람 없다지만, 생각보다 스스로 생을 마감하려는 이들이 너무 많다. 병원에서는 일주일에 두세 명은 꼭 보는 것 같다.

오늘도 응급실엔 음독자살을 시도한 할머니가 왔다. 할머니가 중환자실로 올라오기 전에 서둘러 기본 업무를 끝내고 내가 맡고 있는 다른 환자들을 빠르게 한번 본 후 할머니가 올라오기를 기다렸다. 일단 응급실에서 어떤 처치를 했는지, 지금 가지고 있는 응급약물이 있는지, 기관내삽관이 되어 있는 상태인지, 피검사 결과 중 비정상 수치가 있는지 쭉 확인했다. 잠시 후 할머니가 중환자실 문을 열고 들어왔다.

"할머니, 안녕하세요. 중환자실 올라오셨어요."

"나 좀 죽여줘, 제발."

할머니가 나를 보자마자 한 첫마디가 "나 좀 죽여줘"였다. 아무리 자살시도를 했어도 병원에서 나 좀 죽여달라고 말하는 사람은 일하면서 본 적이 없었다. '나이가 들면 스스로 성취하는 기쁨, 자식들이 다 커서 독립하고 결혼해 따로 생활하기 때문에 자식 보는 기쁨 등이 하나둘씩 사라져 살아 있다는 느낌이 덜해져 자살시도를 하는 걸까? 아니면 할머니를 힘들게 하는 무언가가 있을까? 아니면 가족이 아무도 없나? 도대체 나이들어서 자살시도를 하게 되는 이유가 뭘까?' 온갖 생각이 일하는 동안 내 머릿속을 헤집었다. 할머니의 몸에 심전도 검사기, 혈압계, 산소포화도를 볼 수 있는 베드사이드 모니터를 부착한 후 바이털 사인을 측정하고 환자복으로 갈아입혀드린 다음, 밖에서 기다리는 보호자들과 면회를 시작했다.

솔직히 난 할머니가 자살시도를 해서 왔으니 삶이 불행할 거라고 생각했다. 자식들이 할머니를 버렸거나 할머니에게 자식이 없을 수도 있겠다고 추측했다. 그런 내 생각과는 반대로 아들과 딸, 사위까지 할머니 걱정에 상심 가득한 얼굴로 중환자실에 들어왔다. 딸만 정보조사를 하고 나머지 가족들은 할머니와 면회를 했는데, 걱정하는 아들과 딸들을 보며 할머니는 자식들의 얼굴을 쓰다듬었다. "나 괜찮아. 걱정하지 마"라고 연신 말하며 자식들을 안도시켰다. 오자마자 나 좀 죽여달라며, 왜 자신이 못 죽었냐고 하던 할머니와 자식들을 안도시키는 할머니는 다른 사람이었다.

가족들은 할머니의 자살시도에 당혹스러움을 감추지 못했고, 걱정되는 마음에 의료진에게 이것저것 물어보기 바빴다. 치료계획과 할머니 상태를 설명한 후 면회가 종료되었다. 그 면회가 끝나자마자, 주치의 오더를 받고 처치를 시행하느라 바쁜 나에게 할머니는 또다시 조르기 시작했다.

"나 좀 죽여줘. 제발 부탁이야."

"할머니, 저는 사람 살리라고 있는 간호사인데 어떻게 죽여요. 저 교도소 가야 해요, 그럼."

"내가 이렇게 부탁할게…… 나 좀 죽여줘. 나 좀 죽여주면 안 될까?"

"할머니, 도대체 왜요? 왜 그런 말씀을 자꾸 하시는 거예요.

할머니 옆에 있는 사람은 하루라도 더 살아보겠다고 저렇게 아등바등하고 있는데, 왜요."

할머니를 다독이고 할머니의 이야기를 더 들어줬어야 했는데, 속상한 마음에 그만 할머니를 다그치고 말았다.

"할머니, 방금 할머니 아들이랑 딸이 엄청 걱정하시던데, 전 그럼 할머니 자식들 얼굴 어떻게 봐요. 할머니가 자식들한테 걱정하지 말라고 해놓고, 자꾸 이렇게 하면 전 어떻게 해요."

예전에 엄마가 많이 아팠을 때, 주기적으로 마약성 진통제를 투약했다. 몇 시간에 한 번만 줄 수 있는 약이어서 그 약이 들어가고 나서는 다른 진통제를 맞아야 했다. 엄마의 고통은 마약성 진통제가 아니고는 조절되지 않았는데, 그때 엄마는 이렇게 아플 바엔 그냥 누가 죽여줬으면 좋겠다는 생각이 들었다고 한다.

이런 기억과 중환자실의 상황이 대비되어서 그럴까. 간호사를 하면서 가장 허탈해지는 순간이 자살시도하고 오는 사람들을 볼 때다. 누군가는 하루라도 고통 없이, 아니 조금이라도 통증을 줄여보고자, 그러니까 살기 위해서 중환자실에 온다면 누군가는 죽고 싶어서 자살을 시도했지만 실패해서 중환자실에 온다. 너무 큰 양극화다. 병을 치료하러 온 사람들은 하루라도 더 살고 싶어 버둥대는데, 자살시도를 해서 온 사람들은 처음 받는 치료들이 힘들어서 그렇지 심하지 않은 경우 금방 식사를 진행하고 병실로 가기 때문에 대조되어 보인다.

할머니는 이후 조금 잠잠해지는 듯하더니 다시 닦달하기 시작했다. 음독시도를 한 탓에 할머니의 목은 점점 붓기 시작해 죽여달라는 말도 점점 옅어졌고 이내 목소리가 갈라졌다. 나중엔 목소리도 나오지 않게 되자 종이에 펜으로 자신을 죽여달라고 적었다.

무엇이 할머니를 힘들게 했는지, 무엇이 그렇게 이 세상을 더는 살 수 없게 만들었는지 모르겠지만, 옆에서 아등바등하며 생사를 다투는 사람들을 보고 할머니가 더이상은 그런 생각과 시도를 하지 않았으면 좋겠다는 생각을 했다. 세상이 안 좋은 일만 있는 것은 아니기에. 사막을 계속 걷다보면 오아시스를 만나는 것처럼. 자살시도를 하기 전에 조금만 더 생각해봤으면 좋겠다. 그래도 그런 생각이 든다면 눈에 넣어도 아프지 않을 가족들을 위해서라도 살아냈으면 좋겠다고 생각했다.

뇌졸중으로 입원해 수술을 받은 후 중환자실로 온 환자가 있었다. 오른쪽 뇌의 움직임이 살짝 떨어지는 정도였다. 뇌수술을 한 경우 수술이 잘되었는지 출혈은 없는지 등을 머리를 열어서 볼 수는 없기에 MRI나 CT를 자주 촬영하여 확인한다.

주치의의 오더를 보니 조영제를 써야 하는 검사이기에 인턴 선생님에게 동의서 좀 받아달라고 했다. 당연히 응할 거라 생각하고 검사실에 전화해서 언제 가능한지 물어보던 중 인턴 선생님이 이렇게 말했다.

"보호자가 10만 원도 없으니 검사 진행 안 한다고 하세요. 동의서 여기 두고 갈게요."

서둘러 보호자를 찾아갔다.

"보호자분, 검사 진행 정말 안 하시는 거예요?"

"안 해. 원래 이 사람이랑 나랑 죽으려고 그랬어. 검사 진행해서 뭐해? 어차피 죽을 건데. 우리 그럴 돈 없어. 딸들한테 돈 주고 나니 한푼도 없어. 다 뺏겼어. 그러니까 관이랑 다 빼줘. 집으로 갈 거야."

"지금 의식도 있고, 치료 조금만 더 받으시면 일상생활도 가능한데요."

"그게 다 무슨 소용이야. 병원비도 없어. 집으로 가야 해."

나라로부터 지원을 받기에 정말 소액의 병원비만 내는 정도였지만, 그마저도 보호자에겐 큰 짐일 수도 있겠다는 생각이 들었다. 수술한 지도 3~4일이 지났고 딱히 의식에 변화가 있어서 응급으로 촬영하려던 것은 아니었기에 검사는 그렇다 쳐도, 보호자의 말이 마음에 걸렸다. 일흔 넘게 사신 저분들의 일생에 대해 단 1%도 모르는 내가 무조건 "그러면 안 되죠!"라고 말할 자격도 없고, 24시간 따라다닐 수도 없는 노릇이었다. 그렇기에 무언가를 말하기보다는 보호자의 이야기를 들어드리는 편을 택했다.

결국 그 환자는 교수님의 설득 끝에 재활할 수 있는 종합병원으로 전원을 갔지만, 걱정이 되어서인지 며칠 동안 그분들의 잔상이 계속 남아 있었다.

건방진 신규 간호사

여자 군대로 일컬어지는 간호사 세계. 위계질서가 군대만큼이나 강해 그렇게 불린다. 나도 처음엔 여느 신규 간호사들과 다를 게 없었다. 아무것도 모르는 환경에 적응해야 했고, 이론적으로만 배운 간호와 임상에 적용되는 간호가 달라 이것저것 새로 배우기에 급급했다. 잘 배우기 위해, 살아남기 위해 눈에 거슬리지 않고 튀는 행동을 하지 않는 게 답이었다. 그래서일까. 선배의 모욕적인 말이 당연해진 게. 밑엣사람은 아무 말도 할 수 없는 것이 당연해진 게. 선배의 말이 잘못되었다고 하면 건방진 신규로 낙인찍히는 것이 당연한 분위기였다.

신규 시절, 나는 병원 기숙사생활을 했다. 4인 1실 기숙사였는데, 신규 때 퇴사하는 간호사가 많다보니 4인실이지만 거의

3인이 사용했다. 입사해서 좀 살다가 나가는 사람이 많아 같이 사는 사람들도 자주 바뀌었다. 3개월 정도 살았을 때 우리 방에 새로운 사람이 왔다. 나보다 나이가 많았고 경력직이었다. 나와 같은 부서에 발령받았다고 했는데, 첫인상이 정말 밝았다. 그때쯤 나는 중환자실에 적응하려 애쓰다보니 얼굴이 많이 어두워져가고 있었다. '그만둬야 하나, 말아야 하나. 간호사들은 다들 이렇게 일해야만 하는 건가? 그럼 난 간호사라는 직업을 하지 말아야 하나.' 한창 고민이 많은 시점에 룸메이트와 같이 병원에 대한 이야기를 하며 스트레스를 풀 수 있었다.

시간은 차차 흘러 룸메이트는 중환자실에 적응하고 환자를 볼 수 있는 트레이닝에 들어가게 되었다. 그런데 잘 적응하는 것만 같았던 룸메이트가 돌연 사직서를 제출했다. "도대체 갑자기 왜 그만둔다고 하는 거야? 잘하고 있었던 거 아냐?"라고 물어보자 룸메이트는 그간 있었던 일들을 나에게 털어놓기 시작했다. 트레이닝받으며 혼나는 것은 내가 부족해서 그런 거겠거니 하며 넘겼다고 한다. 그런데 어느 순간 '이건 아니다'라는 생각이 들었다고.

"넌 이래가지고 국시 합격을 어떻게 했어? 생각이 있는 거야 없는 거야, 정말."

"너 이러는 거 부모님은 알고 계시니?"

"너 전에 근무했던 병원에서 어떻게 일했어? 답답하다, 정말."

이것 말고도 입에 담을 수 없는 말들이 계속되자 룸메이트는 그냥 병원을 그만두고 나가기로 결심한 것이다. 말리고 싶었지만 말릴 수가 없었다. 그만둔다는 말에 그저 끄덕이기만 했다. 이후로도 그 선생님 때문에 그만두는 사람들이 늘어가자, 나랑은 아무런 사건이 없었지만 나도 속으로는 그 선생님이 불편해져갔다.

시간이 흘러 나도 트레이닝을 마치고 독립해 혼자 일하며 적응하느라 한창 바쁠 때였다. 모르는 것이 당연한 것은 아니지만, 알아야 할 것이 많은 중환자실에는 매번 모르는 것이 넘쳐났다. 하루는 인계를 받다가 흔히 진행하지 않는 혈액검사가 있어서 그 선생님에게 물어본 적이 있다.

"선생님, 이건 어떤 경우에 하는 건가요?"

"넌 지금 윗사람 태우는 거니? 네가 알아서 공부해."

모르면 물어볼 수도 있는 거 아닌가? 물론 내가 공부해야 하는 게 맞지만 태우고자 물어본 게 아니라 궁금해서 질문한 건데, 그렇게 느껴진다는 게 신기했다. 또 한번은 인공호흡기가 잘 작동하는지 지켜보면서 감시값을 적고 있었다. 정신없이 일하고 있는데, 선생님이 와서 감시값을 물어봤다. 인공호흡기의 모드마다 적는 감시값이 다 다른데, 꼬치꼬치 캐물으니 정확히 대답하지 못했다. 답하지 못한 스스로에 대해 실망한 데다 혼까지

나는 바람에 표정이 어두워졌다. 당장 처치해야 하는 것들이 많은 상태에서 혼나다보니 일은 지연됐고, 마저 남은 일을 마치려고 했을 때였다. "표정 좀 풀지?"라는 한마디를 듣자마자 나는 터져버렸다. "그럼 제가 이 상황에서 웃어야 하나요?" 속으로만 생각했던 말이 필터링을 거치지 않고 튀어나와버렸다. 이미 엎질러진 물이니 나는 그대로 할일들을 처리해나갔다.

그 당시엔 아무 말 없었는데, 그뒤로 난 그 선생님에게 타기 시작했다. 내 환자의 상태가 좋지 않아 보이면 옆에 와서 하나하나 사사건건 터치했다. 나도 배운 대로, 나만의 방식으로 처치를 시행하려고 하면 와서 하나하나 간섭하고 물어봤다.

환자의 상태가 좋지 않아 극도로 예민해져 처치하고 있는 나에게 '넌 이것도 모르냐 저것도 모르냐' 지적하자 자신감이 떨어져갔다. 내가 하고 있는 처치에도 자신이 없어졌다. 한마디로 나만의 방식으로 풀어가는 게 아니라 다른 사람에게 끌려가고 있었던 것이다. 이렇게 하면 나도 죽고, 내 환자를 책임지고 담당하기도 어렵겠다는 생각이 들었다. 다 너를 위해서라고 하였지만, 당시 나에겐 전혀 도움되지 않았다. 건방져 보이겠지만, 난 그렇게 느꼈다.

더이상 끌려다니면 안 되겠다는 생각이 들었다. 모든 걸 다 지고 갈 순 없었다. 내가 스트레스를 안 받고, 아무렇지 않게 일에 집중할 수 있으면 좋았겠지만, 난 그럴 만한 역량이 되지 않았다. 미움받을 용기가 필요했다.

한번은 환자의 베드사이드 모니터상 심전도 모양이 이상했다. 심장도 빨리 뛰었고 산소포화도도 떨어지기 시작했다. 이상을 감지한 나는 혈액가스검사를 시행하고 기계를 돌리면서 주치의에게 노티를 했다. 그렇게 주치의와 함께 처치를 시행하고 있는데, 그 선생님이 정신없는 나에게 질문하셨다.

"심전도의 모양이 이상하네. 저게 어떤 건지 알아?"

"잘 모르겠습니다. 공부하겠습니다."

"넌 그것도 몰라? 그럼 너 공부한 거 가지고 와."

"……"

공부는 내 몫이지 누군가에게 검사 받아야 하는 건 아니라고 생각했다. 그래서 그 말에 대답하지 않았다. 누군가를 위한 공부를 할 생각이 아니었기 때문에. 그랬더니 열 번도 넘게 공부한 것을 가져오라고 했다. 열 번도 넘는 질문에 한 번도 대답하지 않았다. 건방졌지만, 그래도 뱉은 말엔 책임을 져야 한다는 나름의 소신이 있었다. 상황을 처리하느라 바쁜 나에게 "대답 안 하니? 네가 심전도 공부한 거 가져오라고"라면서 계속 다그쳤다. 그날의 근무는 너무 힘겨웠다. 그렇게 그 선생님과 사사건건 부딪쳤고, 그래도 난 지키지 못할 것은 약속하지 않았다.

태움은 지독했다. "부모님이 너 그렇게 가르쳤니?"부터 시작해서 "널 태우는 게 아니라 네가 몰라서 가르치는 거야"라는 말로 상황을 정당화했다. 힘겨운 날이 반복되고 스트레스가 터지면서 이유 없이 헛구역질을 한 날도 있으며 힘겹게 울었던 날도 많았다. 그렇지만 그만두고 싶진 않았다. 나의 방식도 잘못되었지만, 그만두면 부당함에 굴복하는 것 같았다. 그리고 수선생님과 면담하던 도중 힘든 일 있으면 이야기하라는 말에 참아왔던 것들이 터졌다. 다른 부서로 이동시켜달라고 했다. 그 선생님 때문에도 힘들었지만, 중환자실은 꽉 막힌 공간에서 근무하기에 감옥 같았다. 수선생님은 부서이동을 신청해주겠다고 하였다.

일하다보면 참 아이러니한 상황들이 많이 벌어진다. 후배는 자신을 가르쳐준 선생님과 대화하다가 남자친구 이야기가 나왔다고 한다. 지금 남자친구랑 결혼하고 싶다고 했더니 갑자기 그 선생님 얼굴이 싹 변하면서 "넌 일도 못하면서 덜컥 임신해서 오지 마"라고 했단다. 일은 일이고, 행여 결혼하지 않은 상태에서 임신한다고 해도 그건 축복받을 일이 아닌가?

수술실에서 일하던 후배가 두 달도 못 버티고 나가면서 했던 말이 있다. 수술실은 감염 위험성을 낮추기 위해 수술실의 온도를 낮게 해두는데, 너무 추워서 카디건을 입고 싶어도 경력이 낮으면 입을 수 없다고 했다. 추워서 카디건을 입는 데도 경력이 필요한 것인가?

그런 말이 있다. 돌 던진 사람은 기억을 못 해도 돌 맞은 개구리는 다 기억한다고.

다 기억한다.

이런 상황들을 겪을 때마다 항상 생각하며 스스로 마음을 다잡는 한마디가 있다. 배우 견미리씨 딸 이유비씨가 '엄마 덕 본다'라는 식의 악플과 폭언을 듣는 것에 대해 했던 말이다.

"누군가가 나를 욕하는 10분 때문에 내 24시간이 행복하지 않으면 그게 더 손해라고 생각해요."

의사와 간호사 사이

텔레비전에서 보면 의사와 간호사가 커피 한 잔씩 들고 병원을 돌며 굉장히 친한 모습으로 나온다. 물론 병원에 따라서는 그럴 수도 있겠지만, 과연 사실일까? 커피? 꿈도 못 꾼다. 부서 자체가 바쁘고 중증도가 높다보니 서로 예민하다.

신규 시절, 선생님께 하나하나 배울 때라 처치의 방향도 무엇을 먼저 해야 할지도 잘 몰랐다. 나이트 근무를 하던 날, 내가 보던 환자 중 한 명이 인공호흡기를 달고 있었고 산소포화도가 떨어지고 있었다. 발견하자마자 산소포화도가 눈에 띄게 떨어지기 시작하니 겁이 났다. 80%, 70% 아주 뚝뚝 떨어지고 있었다. 주치의부터 찾았다. "선생님, 산소포화도가 너무 뚝뚝 떨어지는데 어떻게 할까요?" 그 말에 주치의는 입에 담을 수 없는 욕설을 내뱉었다. "씨발년아, ABGA 먼저 하고 노티해야지!" 알겠다고 하고 일단 전화를 끊었다. ABGA는 의사면허를 가진 사람만 시행할 수 있다. 그럼에도 불구하고, 의사 처방도 없이 간호사가 ABGA를 마치고 보고해야 한다는 듯이 소리질렀다. 나는 ABGA 시행 후 다시 노티를 했다. 환자의 몸은 이산화탄소 수치가 높았고, 산소포화도는 낮았다.

"일단 FiO2 80%로 올려."

"선생님, 이산화탄소 수치가 높은데 FiO2만 올리면 될까요?"

"내가 지금 갈 거야! 그만 전화해!"

솔직히 내가 일을 능숙하게 하지 못한 게 맞았지만, 그래도 욕까지 들어야 한다는 게 충격적이었다. 신규 시절이라 아무 말도 못 한 채 간호사실에 가서 울었다. 울고 나와 아무렇지 않은 척 처치를 시행했다. 한 달 정도 지났을까. 욕을 했던 의사는 자꾸 얼굴을 마주하니 찔렸던 건지 그동안 미안했던 건지, 그제서야 예전에 자신이 욕했던 것을 사과했다.

우리 병원은 대학병원으로 산하에 네 병원이 있다. 병원 내에서 의사들이 몇 달에 한 번 교대가 되는데, 한번은 다른 병원 의사가 왔을 때였다. 그는 평소에 말만 섞어봐도 별로여서 평이 좋지 않은 편이었다. 하루는 어떤 환자의 보호자가 교수님을 만나뵙고자 했는데 휴가 기간이어서 만나지 못했다. 교수님이 돌아오는 날이 되자마자 보호자는 아침 7시부터 와서 중환자실 앞에서 기다리고 있었다. 중간에 주치의가 환자 상태에 대해 설명하기도 했지만, 만족하지 못했는지 교수님을 꼭 만나고자 했다. 교수님은 병동에서부터 회진을 돌고 오느라 시간이 좀 오래 걸렸다. 보호자는 중환자실 벨을 누르며 아직도 오지 않으셨냐고 묻기를 반복했다. 주치의에게 전화해서 묻자 병동에서부터 회진 도는 중이라고 금방 중환자실로 갈 거라는 대답이 돌아왔다. 꽤 오랜 시간이 흘러 드디어 주치의한테 전화가 왔다.

"보호자 아직도 기다리고 있어요?"

"잠시만요. 중환자실 앞에 나갔다 올게요. (다녀온 후) 선생님, 아직도 기다리고 계세요."

주치의는 "알겠어요"라고 말하며 전화를 끊었는데, 교수님은 계속 함흥차사였다. 시간이 지나도 오지 않자 보호자는 결국 화를 냈다.

"아니, 당신들의 시간만 소중해요? 온다는 교수님이 왜 오지를 않아! 도대체 언제까지 기다리라고? 오긴 오는 거예요?"

"보호자분, 조금만 더 기다려주세요. 병동에서부터 회진 돌면서 오시느라 아무래도 시간이 좀 걸리시는 것 같아요."

"기다려도 너무 오래 기다렸잖아요!"

보호자가 계속적으로 항의하자 주치의는 중환자실 안에서 보고 있다가 나와서 같이 설명하기 시작했다. 그래도 보호자의 불평은 줄어들지 않았다. 당황했던 걸까, 아니면 다른 사람이랑 헷갈렸던 걸까, 아니면 남 탓을 하고 싶었던 걸까? 주치의는 갑자기 나에게 화를 내기 시작했다.

"아니, 내가 아까 전화해서 물어봤을 때, 보호자 안 계신다면서요."

"선생님, 무슨 소리 하시는 거예요? 아까 전화로 물어봤을 때, 제가 아직도 기다리고 계신다고 했잖아요."

"언제 그랬어요? 아까 없다고 해놓고."

"선생님, 아까 제가 있다고 하는 거 여기 선생님들도 다 들으셨는데. 지금 무슨 소리 하시는 거예요?"

내 대답에 주치의는 혼잣말을 하며 불평불만을 쏟아냈다.

몇 분이 흘렀을까. 회진을 마친 교수님이 보호자를 만났고, 보호자는 언제 우리에게 화냈냐는 듯이 환자 상태에 대한 설명을 듣고 돌아갔다.

하루는 아침부터 주치의에게 물어볼 것들이 한가득 있었다. 환자의 혈압도 살짝 불안정해서 보고할 겸 주치의를 찾았다. 주치의는 전화를 받자마자 내가 말을 시작하기도 전에 그냥 끊어버렸다. 처음엔 '회진을 돌 시간이라서 그런가?'라고 생각하고 시간이 좀 지나 다시 전화했다. 그러자 주치의는 도리어 나에게 화를 냈다.

"컨퍼런스하고 있어요! 그만 좀 전화해요. (뚝)"

그럼 혈압 떨어지는 건 도대체 누구에게 보고하라는 건가? 알아서 잘 버티고 있으라는 건가? 전화로 보고해야 하는 상황이니깐 전화한 건데, 전화를 하지 말라니? 그럼 도대체 누구한테 보고하라는 건가? 나도 좀 화가 났다.

다행히 환자의 혈압은 올랐고, 오더 중에 몇 가지만 확인하면 되는 상황이었다. 시간이 좀 지난 후 지금쯤이면 컨퍼런스가 끝나지 않았을까 싶어 전화했더니 주치의는 지금 그게 중요하냐며 또 화를 내기 시작했다. 자기 컨퍼런스하는 시간에 왜 자꾸 전화를 하냐며.

"선생님, 제가 선생님 스케줄을 줄줄이 다 알고 있는 것도 아니고, 언제 컨퍼런스한다고 공지한 것도 아니고, 물어볼 건 잔뜩인데 오지도 않고, 문자메시지로 보내도 답이 없는데 그럼 전 언제 확인해요?"

이렇게 말하니깐 기분이 나빴는지, 주치의는 화가 잔뜩 난 상태에서 지금 올라간다고 했다. 주치의는 바로 올라왔고 오자마자 방금 전화한 사람이 누구인지 찾았다. 그래서 내가 전화했다고 하자, 컨퍼런스 시간에 계속 전화한다고 다시 화를 내기 시작했다.

"선생님, 선생님께서 저한테 알려주셨나요? 공지했어요? 제가 선생님이 컨퍼런스를 몇시부터 몇시까지 하는지 어떻게 알아요? 물어볼 게 많아서 제가 아침 7시부터 문자 보냈는데 선생님 아무 말도 없으셨죠? 그럼 저 누구한테 확인해요?"

"아니, 그니깐 내가 알아서 와서 이야기해줄 건데, 왜 자꾸 전화하냐고요."

"선생님, 보고할 게 있으니깐 전화했겠죠. 그냥 오더만 확인하려고 전화했겠어요? 선생님이 그렇게 부정적으로 이야기하면, 제가 뭐 노티할 수 있겠어요?"

말다툼이 점점 커지자 책임 선생님이 말리기 시작했고, 서로 잠시 자리를 피해 감정을 가라앉힌 후에, 어쨌든 중요한 사항들은 확인해야 하니 다시 주치의에게 찾아갔다. 서로 오해가 있었던 것 같다고 5분도 되지 않아서 화해하고, 다시 웃으며 일을 시작했다.

중증도가 높은 사람들을 돌보며 서로 예민해지다보니 가끔가다 이런 설전이 생긴다. 환자를 조금이라도 더 잘 보고 싶어서 이것저것 챙기다보니 예기치 못한 일들이 벌어지기도 한다.

절벽

일하면서 기억에 남는 사건이 있다. 그날따라 응급실엔 자살 시도를 하고 온 사람이 많았다. 무엇이 그들을 절벽으로 밀어버렸을까? 다들 살면서 한 번씩은 죽고 싶다고 생각하는 것 같은데, 그걸 용기를 내서 시도하게 만드는 것은 무엇일까? 여러 생각이 머릿속을 스쳐지나갔다.

자살을 시도하는 사람들은 주로 주의를 요하는 혈당·혈압강하제, 수면제 등을 먹거나 음독하는 경우가 많다. 자신이 먹던 우울증 약부터 시작해서, 농약, 불스원샷, 락스 등 생각지도 못했던 것들을 먹고 오는 사람들도 있다. 또다른 경우는 높은 곳에 목을 매다는 경우인데, 음독만큼 흔하지는 않은 것 같다. 그런데 그날은 높은 곳에 목을 매달아 응급실에 온 사람이 두 명이나 되었고 중환자실로 입원하기 위해 대기하고 있었다.

중환자실의 문이 열리고 첫 환자가 침대에 누운 채 들어왔다. 그 뒤에 선 가족들은 같이 들어오진 못하니 눈으로 그녀를 따라 들어왔다. 중환자실 문이 닫히고 환자를 침대로 옮겼다. 상태는 이제까지 보았던 환자들 중에 비교적 괜찮았다. 산소도 비강캐뉼라nasal cannula를 유지하며 혈압, 맥박, 호흡, 체온 등의 기본적인 바이털 사인도 나쁘지 않았다. 다만, 가장 걸렸던 부분은 눈만 뜨고 있을 뿐이지 의식이 명료하지 않다는 점이었다. 주치의 오더를 받고 환자가 가지고 있는 것들을 빠르게 정리해 나갔다. 그리고 바로 다음 환자를 받을 준비를 시작했다.

두번째 환자를 받기 위해 의무기록을 열었다. 환자가 응급실에서 올라오기 전에 어떤 처치들이 시행되었는지, 우리가 준비해야 할 기계들이나 물건들이 있는지 확인하는 절차였다. 한참 의무기록을 보다가 아차! 싶었다. 왜 그녀가 절벽에서 뛰어내렸는지 조금은 이해할 수 있었다. 30대에 아들이 셋 있는 그녀는 평범한 주부였다. 평범한 일상을 살던 그녀는 어느 날 남편의 핸드폰에서 보지 말아야 할 것을 보게 되었다. 남편과 남편 선배들의 채팅방을 열어본 게 화근이었다. 그 채팅방에서 남편의 다른 모습을 마주했다. 정확한 내용은 알 수 없으나 성매매 업소 여자들에 대해 이야기하는 것을 보게 되었다고 한다. 그후로 그녀는 매일 절벽에서 아슬아슬하게 살게 되었을 것이다. 자살 시도를 한 게 이번이 처음은 아니었다. 얼마 전에도 평소 먹던 우울증 약을 과다 복용하고 실려 왔고, 자살시도는 실패로 돌아갔다. 그뒤로 그녀는 절벽에 한 발을 내놓고 더 아슬아슬하게 서 있었을 것이다.

그녀는 벼르고 벼르다 마지막 시도로 목을 매달았을 것이고, 이번엔 꽤나 치명적이었다. 목에 상처를 입다보니 숨쉬는 것이 어려워 응급실에 오자마자 기관내삽관을 하고 인공호흡기를 달았다. 혈압이 유지되지 않자 혹시 모를 상황에 대비해 응급실에선 중심정맥관까지 삽입하고, 승압제 등을 단 채 중환자실에 올라가기를 기다리고 있었다.

"선생님, ○○○님 중환자실로 올려주세요."

응급실에 전화를 했다.

인턴 선생님이 앰부를 짜며 겨우겨우 중환자실에 온 그녀의 상태를 하나둘씩 정리했다. 목에는 아찔했던 시간을 보여주는 상처가 남아 있었다. 옷을 갈아입히고, 중심정맥관, 수액, 인공호흡기를 눈에 잘 보이게, 손쉽게 쓸 수 있도록 정리한 후 정보조사와 중환자실 안내를 위해 보호자 면회를 시작했다.

환자의 가족들이 들어왔다. 어린 내 생각엔 솔직히 남편은 못 들어올 거라고 예상했다. 본인도 그렇고, 가족들이 만약 이 사연을 안다면 과연 그 얼굴을 들 수 있을까, 라는 생각이 들었다. 예상과는 달리, 남편도 함께 들어왔고 면회를 시작했다. 남편은 정말 어떻게 될 것처럼 자지러져 울기 시작했다. 혼자 서 있지도 못할 정도로. 그렇게 주저앉아 한참 동안 일어서지 못했다. 우리는 환자에게 일어나는 상황들을 처치하느라 바빴고, 남편은 중환자실 앞에 주저앉아 행여나 무슨 일이 있을까 초조해하며 기다리는 것밖엔 할 수 있는 게 없었다. 중환자실 문이 열리면 혹시나 아내에게 무슨 일이 있는 걸까 싶어서 앉아 있다가 벌떡 일어나기를 반복했다. 남편의 그런 모습에 우리들도 최선을 다해 노력했다. 그럼에도 불구하고 우리는 그녀를 끝내 이 세상으로 데리고 나오지 못했다.

부모는 자식을 잃었고, 남편은 아내를 잃었고, 아이들은 엄마를 잃었다. 단지 잃어버린 게 끝이 아니라 텅 빈 공터를 남겼다. 살아가면서 그 빈자리를 어떻게 채울까. 남은 아이들이 감당해야 하는 마음의 짐이 너무 가혹하다는 생각이 들었다.

오늘도 또, 자살시도를 하고 응급실에 누워 있는 사람이 있다. 30대의 너무 젊은 남성이다. 아내도 자식도 있는 가장이다. 무엇이 그들을 절벽 끝으로 밀어버렸는지 모르지만, 그 절벽 앞에서 그들을 사랑하는 사람들을 꼭 생각해줬으면 좋겠다. 가족이 자살로 생을 마감하면 부모님은 마음에 대못이 박혀 마음고생을 할 테고, 배우자는 자신을 탓하며 매번 스스로를 죽이고 또 죽일 것이며, 홀로 남은 자식은 아빠 없는 아이, 엄마 없는 아이로 살아가며 당신의 그 빈자리를 영원히 채울 수 없을 것이다. 암흑 같은 상황들 속에서 혼자만 벗어나려, 그런 무모한 선택을 하지 않기를, 그대를 사랑하는 사람들을 꼭 한 번은 쳐다보기를, 한 번은 그 사람들의 입장에서도 생각해보기를, 오늘도 기도한다.

콩쥐 간호사

어린 시절 『콩쥐팥쥐』라는 동화를 한 번쯤은 접해봤을 것이다. 그 동화에서 콩쥐는 팥쥐와 달리 모진 일들을 도맡아서 한다. 어쩌면 간호사가 그런 콩쥐이지 않을까.

병동에서 일하고 있는 동기를 오랜만에 만났다. 요즘 어떻게 지냈는지부터 시작해서 남자친구, 여행, 취미에 이르기까지 많은 이야기들을 나누며 서로의 안부를 물었다. 그리고 그중 당연히 가장 많은 비중을 차지한 것은 병원 이야기였다. 병동 상황, 신규 간호사 등 여러 화제 가운데 동기가 열변을 토하며 털어놓았던 이야기가 있다.

환자가 병원에 입원하면 보호자도 24시간 붙어 있는 것을 원칙으로 한다. 만약 보호자들이 여건이 되지 않는다면, 보통 간병인을 권한다. 간호사가 환자 한 명 한 명을 관심 있게 볼 수 없고 대학병원에서 요양병원처럼 기저귀를 다 갈아주며 개인위생에 신경써주는 것은 무리가 있다. 간호사는 혈당 측정을 꼭 해야 하는 시간, 바이털 사인을 측정하는 시간, 항생제를 돌려야 하는 시간, 경구약을 줘야 하는 시간 등 정해져 있는 업무들에 더해 플러스알파의 일들을 소화한다.

예를 들자면, 검사가 있는 날이면 동의서가 준비되어 있는지부터 시작해서 혈관은 확보되어 있는지, 혹시 수액 같은 것들이 새지 않는지 하나하나 확인해야 하며 보호자가 대기하고 있는지도 체크해야 한다. 미리 준비했다가 검사실에서 부르면 즉각 검사를 보내야 하는데, 이송팀이 퇴근한 시간에는 간호사가 직접 이송팀이 되어 환자를 검사실로 옮겨 진행해야만 한다. 여기에 환자가 주사 자리가 아프다고 한다거나 주삿바늘이 빠지면 다시 놔줘야 하고 응급상황이 터지면 기본적인 업무들을 뒤로한 채 달려들어야 한다. 그러고 나서도 시간이 넉넉하면 괜찮지만, 일은 쌓이고 쌓여 아무리 달려도 퇴근시간에 퇴근하지 못할 업무량이 산적해 있다.

그러다보니 화장실 한 번 가지 못하고, 밥 먹기는 고사하고 입이 바짝바짝 말라도 물 한잔 마실 여유조차 없다. 이렇게 기본적인 욕구들도 해결하지 못한 채 정신없이 일을 처리해가며 간호사실 앞을 뛰어다니는데, 어느 날 선배 선생님이 "○○호

△△△님 시트 좀 가져다드려"라고 해서 동기는 시트를 챙겨 병실로 향했다고 한다.

"△△△님, 침대시트 여기요"라고 말하며 환자의 침대를 봤더니 기저귀에 대변이 넘쳐 시트까지 젖은 상황이었다. 환자가 일어나 주섬주섬 정리하려고 하자 보호자의 한마디.

"아빠, 그거 놔둬. 간호사가 기저귀도 갈아주고 침대시트도 갈아줄 거야."

이 말을 듣는 순간 '도대체 어디까지가 간호사의 일일까?'라는 생각이 들었다고 한다. 아픈 환자의 간호라는 것이 일상 하나하나에 다 밀접하게 연결돼 있기에 모든 것이 간호가 될 수 있다. 그렇지만 도대체 어디까지인 걸까? 이런 온갖 뒤치다꺼리를 하는 데도 시간이 소비되는데, 이 일들이 하나둘씩 쌓이다 보면 항생제를 주는 시간, 검사를 보내야 하는 시간, 수액을 줘야 하는 시간들이 당연히 밀리게 된다. 간호사 한 명당 보는 환자가 너무 많아서 벌어지는 일들일까?

우리나라에서 추진하는 '간호·간병통합서비스'(간호인력을 늘리고 병실환경을 개선하여 보호자나 간병인이 환자 곁에 머물지 않아도 간호인력으로 입원환자를 직접 돌보는 제도)라는 정책이 있다. 일단 간호·간병통합 병동으로 입원하기 전에는 본인이 어느 정도 개인위생을 관리할 수 있고, 의식이 명료한 사람들이 대부분이다. 그럼에도 불구하고 본인이 움직일 수 있음에도 벨을 눌러서 간호사에게 물을 떠다달라고 하는 사람도 있다. 그래도 병원에서는 고객감동, 고객만족, 서비스라는 명목하에 친절을 중요시하기에 '정말 이건 아니다' 싶은 일들을 마주해도 "죄송합니다"라는 말을 먼저 하며 모든 것들을 다 해내야 한다.

누군가에게 자기소개를 할 때, "중환자실 간호사입니다"라고 하면 가장 많이 듣는 말이 "고생하시네요" "많이 힘들죠?" 같은 동정 어린 말이다. 그렇다. 중환자실은 힘들다. 소문에 의하면 "중환자실로 부서이동하세요"라고 하면 사표를 낸다고 한다. 그렇기에 중환자실에서 그만두는 사람들도 셀 수 없이 많다. 중환자실에서 신규 시절부터 1년 동안 그만두는 간호사를 20명 넘게 보았다. 그후로는 너무 많아서 세보지도 않았다. 그만두는 사람들 중엔 신규 간호사들도 많지만, 경력이 어느 정도 쌓인 간호사들도 많다.

왜 그만둘까? 바로 옆에서 바라보고, 나도 겪는 것이지만, 임상은 쉽게 바뀌지 않는다. 그렇기에 참다 참다 도저히 못 하겠다며 다른 길을 찾아나간다. 공무원부터 시작해서 해외 간호사, 공기업 등등 여러 방향으로 시도해보겠다며 나간다. 그럼 그만둔 사람의 빈자리는 누가 채우는가? 신규 간호사다. 신규 간호사가 들어와서 '환자를 어느 정도 볼 수 있다'라고 할 수 있을 때까지 거의 1년이라는 시간이 흐르는데, 중환자실을 전부 다 신규 간호사로 채운다. 경력직으로 채우는 경우는 열 명 중 한 명 꼴? 이마저도 흔치 않다.

그럼 남아 있는 간호사들은 신규 간호사가 어느 정도 환자를 볼 수 있을 때까지 힘든 근무를 감당하며 신규 간호사에게 교육도 해줘야 한다. 왜 신규로 채우는 걸까? 그리고 왜 경력 간호사들은 다른 병원에 가도 경력을 제대로 인정받지 못할까? 왜 해외 간호사에 관련된 책만 쏟아질까? 한국에서는 인정받으며 일하지 못하고 궁지로 몰리는 탓에 간호사들이 해외로 가는 건 아닐까? 이렇게 해외로 한명 두명 가다보면 한국의 병원은 누가 지키게 될까? 머지않아 독일 같은 나라처럼 문화나 말이 통하지 않는 간호사들에게 간호받게 되는 날이 오지 않을까? 정말 그렇게 간호받기를 원하는 건가?

인증평가를 할 땐 더 가관이다. 나는 병원에 간호사로 채용된 거지, 환경미화원으로 채용되지 않았다. 근무시간엔 일에 치이고 환자에게 치이고 의사와 선배 선생님에게 치여가며 치열하게 일을 마무리했음에도 불구하고 병원에 남아 환경청소를 시작한다. 침대 머리맡 모니터선 정리, 선반부터 시작해서 침대, 벽, 서랍 한칸 한칸 다 닦는 것은 기본이다. 우리집 청소도 제대로 못할 만큼 정신없이 병원에서 굴려진다.

한번은 본가에 내려와서 오프를 보내고 있는데 공지가 떴다.

병원인증 때문에 청소를 할 건데 오프인 사람도 참석하라고. 이미 본가에 와 있었기에 수선생님에게 참석이 어려울 것 같다고 보고하고, 오프를 보낸 후 병원에 출근했다. 그러자 어떤 선생님이 벼르고 있었다는 듯이 나에게 말했다.

"넌 병원의 일원이 아니니? 왜 너만 참석 안 했어?"

"선생님, 저 그날 본가에 내려가 있는 상태여서 참석 못 할 것 같다고 수선생님께 먼저 말씀드렸어요."

그 선생님은 아무 말도 하지 않았다. 문득 그런 생각이 들었다. 내가 일을 잘못해서 혼나는 게 아니고, 환경미화원으로 고용된 것도 아니다. 쉬는 날 내 오프를 정직하게 보내는 건데 내가 이렇게 눈치를 봐야 하는가. 내가 그렇게까지 잘못한 건가. 그럼 내가 집에 내려가자마자 공지가 떴다고 오프를 반납하고 올라왔어야 하는 건가? 올라왔어도 기록상으로는 오프인 채 수당도 받지 못하는 근무를 묵묵히 해야 했던 건가?

인증평가는 병원이 받는 평가이다. 병원은 의사, 간호사, 간호조무사, 임상병리사, 응급구조사 등등 많은 사람들이 팀을 이루어 운영되는 공간이다. 그런데 왜 이 모든 것이 간호사가 해야 할 일로만 초점이 맞춰져 있는지 모르겠다.

할아버지, 왜 이렇게 왔어!

신규 시절, 인상 깊었던 할아버지가 있다. 이리 치이고 저리 치이고 뛰어다니기 바쁜데 할아버지는 "야! 거기 뛰어다니는 너! 야!"라며 소리를 질렀고 나를 자꾸 불렀다. 금식 상태라서 물도 금하는 상황이었는데, 아무리 설명해도 받아들이질 않았다. 끝내 자신은 물을 먹을 수 있다, 자신의 몸은 자신이 잘 안다고 고집을 부렸다. 다들 할일이 많은데 할아버지한테만 붙어서 "할아버지, 물도 못 드시는 금식이에요. 이렇게 소리지르셔도 안 되는 건 안 되는 거여서 물을 가져다드릴 수가 없어요. 소리지르시면 안 돼요"라고 설명할 수는 없는 노릇이었다.

그럼에도 불구하고 할아버지는 지나가는 모든 사람에게 "야, 가서 물 좀 떠와. 야!"라고 중환자실이 떠나가라 계속 소리질렀다. 하루는 바빠 죽겠는데, 여기저기 왔다갔다하는 나에게 할아버지가 "야! 너 안 들려? 야! 내가 너 할아버지뻘이야. 어디서 어른이 이야기하는데, 바로 와야지. 버릇없게!"라며 호통을 쳤다. 한순간에 나를 나쁜 사람으로 만든 것 같아 어린 마음에 할아버지가 미웠다. 그래서 나도 모르게 할아버지한테 한마디 했다.

"왜요? 할아버지, 다 들려요. 금식이라고 설명드려도 계속 물 달라고 하시잖아요!"

"어디 버릇없이 어른이 이야기하는데 말대꾸를 해. 야! 가서 물 가져오라고. 내 몸은 내가 잘 알아. 물 먹어도 돼!"

"할아버지, 제가 물을 안 주고 싶어서 안 주는 게 아니고 의사 선생님 처방이 금식이에요! 그리고 할아버지, 할아버지뻘이라고 하시면서 왜 자꾸 야, 라고 부르세요? 여기 어디인지 아시고 제가 뭐하는 사람인지 다 아시잖아요!"

그러자 할아버지는 더욱 화를 내며 명령조로 말했다.

"야! 물이나 떠와!"

"할아버지, 손녀한테 야!라고 부르세요? 그냥 간호사라고 부르세요. 아님 손녀한테는 이름 부르시잖아요. (이름표를 가리키며) 여기 제 이름 있잖아요. 그냥 이름 부르세요!"

"야! 어디 할아버지뻘한테 말이 많아!"

말싸움에 지친 나는 그냥 하던 일을 마저 하러 가버렸다. 고

집 센 우리 외할아버지가 생각나게 하는 할아버지였다.

할아버지는 한 달 넘게 있는 장기환자였고, 할아버지를 보는 날이 점점 많아졌다. 하루는 할아버지가 열이 나면서 온몸이 빨갛게 달아올랐다. 기력이 땅땅 넘치던 할아버지가 조용했다. 항상 큰소리치시던 할아버지가 아무 힘 없이 누워 있는 모습에 할아버지에게 뭐라고 했던 순간들이 오버랩되면서 더 신경이 쓰였다. 미안했다. "할아버지, 아파요?"라는 말에 할아버지는 맥없이 아프다고 했다. 미안한 마음이 가득했고 이후 할아버지랑 더없이 친밀해졌을 때쯤 할아버지는 상태가 호전되어 병동으로 갔다.

그렇게 할아버지를 잊고 산 지 한 1년 정도 되었을까. 아침 근무라 주치의 오더들을 처리하느라 한창 정신없이 일하고 있었다. 병동에서 급하다고 환자 좀 받아달라고 전화를 걸어왔다. 하던 일을 멈추고 급한 환자를 받을 준비를 하느라 여념이 없었다. 그사이에 환자가 중환자실로 들어왔고 환자를 옮기려고 얼굴을 본 순간, 멈칫할 수밖에 없었다. 나에게 매일 "야"라고 부르던 할아버지였다. 할아버지는 이미 의식이 없는 상태였다. 빠르게 할아버지의 머리부터 발끝까지 살폈다. 자발적 호흡이 거의 없던 할아버지에게 기관내삽관을 진행하고 인공호흡기를 적용했다.

긴급한 처치들이 끝나고 할아버지의 자리를 정리해주려 이불을 걷었다. 병원에 오래 있었던 사람치고 자가간호가 정말 잘 되어 있었다. 할아버지한테서는 아기들이 기저귀 발진 났을 때 바르는 분냄새가 났다. 할아버지를 간호하는 내내, 얼굴을 볼 때마다 "아, 왜! 할아버지 눈 좀 떠봐! 할아버지 도대체! 왜 이렇게 하고 왔어!"라는 혼잣말이 나왔다. 할아버지가 중환자실에 왔을 때부터 이미 동공반사가 잘 되지 않았고 긴급으로 기관내삽관을 시행하긴 했지만, 의식이 돌아오긴 어려워 보였다. 그렇기에 더 화가 나고 그렇기에 더 오기가 쟁쟁하던 예전의 할아버지가 보고 싶었다.

병동에서 응급상황으로 중환자실에 올라온 거라 상황을 들은 보호자들이 서둘러 병원으로 찾아왔고 주치의와 면담을 진행했다. 주치의는 할아버지의 심정지 상황과 오랜 병상생활, 기저질환으로 인해 의식이 돌아오지 않을 것 같다고 설명했다. 보통 보호자들은 이런 설명을 들으면 충격을 받고 이를 받아들이는 데 시간이 걸린다. 그러나 할아버지의 보호자들은 단숨에 더 이상 치료를 원하지 않는다며 요양병원으로 전원하겠다고 했다.

기관내관을 유지한 채 인공호흡기 치료를 하는 경우 요양병원에서 잘 받아주지 않는다. 기관과 관 사이에 협착이 생기기도 하고, 관 안에 불순물들이 쌓여 막히기 때문에 2주 정도밖에 사용할 수 없다. 그래서 이 기간 안에 인공호흡기를 떼는 연습을 하고, 연습이 되지 않거나 자발호흡이 없으면 기관을 절개해 새로운 기관을 만들어준다. 계속 인공호흡기를 사용해야 할 경우 가정용 인공호흡기 적응까지 거친 후 요양병원으로 향한다. 이런 치료내용을 보호자에게 설명했으나 대답은 확고했고, 결국 전원을 받아주겠다는 병원을 찾아가지고 왔다.

전원할 병원과의 이동시간도 꽤 길어 이동하다가 사망할 수 있음을 설명했지만, 보호자는 아들도 병원치료를 받고 있어 치료비가 감당이 안 된다며 장례를 준비할 작정이라고 했다. 그리고 끝끝내 할아버지를 데리고 전원을 했다. 할아버지가 의식이 없는 상태로 온 것도 안타까운데 이렇게 장례를 준비한다니 더 마음에 걸렸다. 그렇게 할아버지를 보내고, 한동안 일하면서 할아버지가 있던 자리를 지나갈 때마다 그 쌩쌩하던 모습이 떠올랐다.

용기

'용기'라는 말은 '씩씩하게 굳센 기운, 또는 사물을 겁내지 아니하는 기개'라는 뜻이다. 이 단어를 들으면 가장 먼저 생각나는 것이 무엇인가? 나는 자연스레 '도전'이라는 단어가 떠오른다.

생각해보면 나는 어렸을 때부터 작년까지 참 '용기' 내기를 무서워했다. 용기에 뒤따르는 책임감을 회피하고 싶어서였을까? 도전이 무겁게 느껴지기만 했다. 아무것도 하지 않아도 현재를 유지할 수 있었고, 그래도 상관없다고 생각했다. 지금도 나쁘지 않다고 생각했다.

난 많은 꿈과 생각을 가지고 간호사의 길을 걷기 시작한 것은 아니었다. 수능을 보고 대학을 정하기 전, 아빠가 위암에 걸려 수술과 항암치료를 받고 있었고, 언제든지 내가 가장이 될 수 있다는 불안을 느꼈던 것 같다. 그때 당시 수시는 세 곳 정도만 지원할 수 있었고, 난 위험한 모험을 할 용기가 없었다. 그렇기에 취업이 잘되는 간호학과를 선택했고, 집에서 가장 가까운 대학에 진학했다.

대학을 다니는 동안에도 간호학과가 적성에 맞지 않는다는 생각이 들진 않았다. 누군가를 도울 수 있다는 것이 뿌듯했고, 공부도 나름대로 재미있었다. 간절히 원한 학과는 아니었기에 크게 만족스럽진 않았지만, 대학생활은 꽤 즐거웠다.

그리고 대학병원에 신규 간호사로 입사하게 되었다. 너무 힘들었다. '너무너무'를 강조해도 부족할 만큼. 매일 울었고 매일 좌절했다. 앞으로의 내 인생이 암흑처럼 깜깜하게 느껴졌다고 하면 믿을까? 사람들이 흔히 말하는 '숨이 막힌다'라는 말의 뜻을 정확히 실감했다. 숨쉬는 것이 힘들어 한숨을 푹푹 내쉬는 하루가 지속되었다. 오늘만 살 뿐, 나에게는 내일이 없었다. 이렇게 위협을 느낌에도 불구하고 난 그만둘 용기가 없었다.

물론 사직서와 더불어 오는 책임감을 회피하고 싶어서였다. 부모님께 더이상 용돈을 받을 수는 없다고 생각했고, 다시 직장을 잡기 위해 자기소개서를 쓰고 면접을 보러 다닐 용기도 없었다. 그리고 신규 시절을 지나오며 스스로가 너무 소진되어버려서 그만두고 싶다는 생각이 드는 시점에 그만두면 아무것도 하지 않을 것 같았다. 스스로 '패배자'라고 여겨 모든 것을 놓아버릴 것만 같았다. 이러지도 저러지도 못하고 용기가 없으니 3년만 일해보자고 스스로와 약속했다.

그리고 신규 시절이 지나갔다. 잔잔하게 힘든 날들은 계속되었지만, 허리케인 같았던 신규 시절이 지나가니 마음의 평화가 조금은 찾아왔다. 그러던 어느 날 문득, 아무것도 하지 않아도 지금이 좋고 평안하다고 생각하던 나와 다른 모습의 나를 발견했다. 정말 사소한 것 하나하나에 화를 내고 불평불만을 하고 있었다. 너무 바빠서 일을 다 끝내지 못한 후배 간호사들을 이해하려고 하기보다는 '왜 나한테 일 미루고 가?' 또는 '왜 내가 라운딩 돌기 전, 내가 인계받기 전까지 일이 끝나지 않았어?'라며 사소한 것 하나하나에 화를 냈다. 일상생활에서도 그랬다. 운전하다가 그냥 내가 돌아서 가도 되는데 다른 차가 길을 막고 있거나 내가 가고 있는 차로에 갑자기 뛰어들면 빵빵대기 바빴다. 이런 나의 모습들이 갑자기 제3자의 시선에서 보이기 시작했다.

난 적응했고 여유가 생겨서 평안하다고 생각했는데, 모든 것이 불평불만이었다. 매일 기분 나빠하며 불쾌해하는 스스로의 모습이 보였다. 무언가를 용기내서 해볼 자신감은 없으면서, 현실은 불만족스러웠던 것이다.

그때부터였을까. 어디서부터 잘못되었는지 살피기 시작했고 내 인생에서 일이 무엇인지, 난 어떻게 살고 싶은지에 대해서 고민하고 성찰하는 시간을 갖게 되었다. 이 고민과 성찰은 아직도 현재진행중이며 제2의 사춘기인지, 어른이 되어가는 성장통인지 정의할 수는 없지만 목적 없이, 아무 생각 없이 빠르게 뛰어가기만 하다가 멈추어 나를 살피는 중이다. 나를 마주하는 것에도 정말 많은 용기가 필요했다. 스스로 감추고 싶은 모습도 들춰야 하고, 인정하고 싶지 않은 자신의 모습도 마주하다보니 나도 몰랐던 진짜 내 민낯이 보였다.

그리고 내 인생에서 '일'의 비중을 다이어트하기 시작했다. 일과 집으로만 나뉘었던 동그라미에 취미라는 것을 집어넣었다. 누군가는 '이게 그렇게 많은 용기가 필요한 일인가?'라고 생각할 수 있지만, 실패라는 것 자체를 하고 싶지 않은 나에게는 다 도전이었고 용기가 필요한 일이었다. 먼저 캔들 만들기부터 시작했다. 처음엔 예쁘게 만들어지지 않아 속상하고 내가 들인 시간이 아깝게 느껴졌다. 이후에는 더 낫게, 전보다는 더 낫게를 반복하다보니 어느새 집에 언제든지 캔들을 만들 수 있는 장비들을 구비하게 되었다. 결과물들이 하나하나 만족스러워지면서 작은 도전부터 시작했다.

예전부터 동기 따라 독서모임에 나가고 싶었는데 근무시간과 도저히 맞지 않으니 미루고만 있었다. 갑자기 어떤 공동체에 나 혼자만 간다는 것이, 아니 어쩌면 다들 친한데 나 혼자만 어색한 그 상황이 두렵게 느껴졌을지도 모른다. 솔직히 가지 않는다고 해서 나에게 불이익이 있는 것도 아니니 생각만 했을 뿐, 도전하진 않았다.

그러던 어느 날 나 혼자만의 도전이 시작되었다. 독서모임이라는 곳에 문을 두드렸고, 지금도 완벽히 적응하진 못했지만 사람들과 생각을 공유한다는 것이 재밌어 쉬는 날엔 무조건 시간을 빼 가고 있다. 독서모임에 '15분 글쓰기'라는 시간이 있는데 일상적인 주제를 하나 정해두고 각자 15분 동안 글을 써서 발표한다. 물론, 발표하고 싶지 않으면 안 해도 된다. 이 시간이 너무 재미있게 느껴진다. 다양한 연령대가 섞여 있으니 연륜이 느껴지는 글도 있고, 젊은이들의 통통 튀는 생각들도 있다. 이 시간에 흥미가 생기다보니 글쓰기에도 구미가 당기기 시작했다. 나의 생각을 글로 펼쳐놓는다는 게 재밌었고, 일이나 일상생활에서 받는 스트레스를 백지에 풀어놓고 조리하는 일에서 맞지 않는 옷을 벗어놓는 것처럼 해방되는 느낌을 받았다. 그러면서 책쓰기가 시작되었다.

처음엔 완성할 생각으로 도전하지 않았다. 완성할 생각을 했다면 도전하지 못했을 것이다. 도전에 대한 책임감을 회피하기 바빴던 나였기에, 많은 시간을 투자한 만큼 결과물을 만들어내야 한다는 압박감이 나를 짓눌렀을 것이다. 그냥 하루하루 한

페이지씩 써보자고 생각했고, 그러다보니 분량이 많아졌고, 그때부터 욕심이 생기기 시작했다. 작은 용기와 도전으로 시작한 일이 여기까지 오게 만들었다. 그리고 글을 쓰면서 느꼈다. 무언가를 시작할 때 '도전!' 하고 시작하면 무의식중에 끝을 생각하기에, 그리고 그 끝이라는 것은 항상 성공해야 한다는 압박감을 주기에, 그런 생각들이 나를 가두어버렸다는 것을. 결과물이 마지막이라는 부담을 던지고 과정을 생각해야 했다. 내가 그것을 즐기고 행복해하는지가 더 중요했다. 그리고 깨달았다. 끝났다고 해서 끝난 게 아니라 그것도 과정의 일부라는 것을. 성공도 실패도 일부라는 것도.

여전히 목적이나 목표 없이 걷고 있지만 무섭진 않다. 예전엔 미래가 암흑처럼 두려웠는데 이젠 흐름에 맡기고 흘러가는 법을 배운 것 같다. 용기를 내고 도전해봄으로써 결과물만 얻는 게 아님을, 성공도 실패도 모두 과정의 일부일 뿐이라는 나름의 지혜를 터득해가고 있다.

소설가 김형경은 『사람풍경』(사람풍경, 2012)에서 사랑의 반대말이 증오나 분노가 아니라 무관심이듯, 생의 반대말은 죽음이나 퇴행이 아니라 방어의식이라 이야기했다. 방어의식 때문에 죽어가지 않기를, 언제나 살아 있기를, 살아가기를 바란다.

한 번쯤 그만두고 싶을 때

누구나 직장생활을 하다보면 한 번씩은 '그만두고 싶다'라는 생각이 들 때가 있다. 나에게도 그만두고 싶은 순간은 셀 수도 없이 많다. 특히 사람 때문에. 불과 몇 달 전까지만 해도 매일매일 그만두고 싶었다.

신규 시절 선배 선생님한테 하고 싶은 말들을 한 때부터 시작해서 민원사건을 처리할 때, 의사랑 말다툼할 때 당장이라도 이곳에서 벗어나고 싶었다. 특히 연차가 올라가면서 아래 연차 선생님들에게 싫은 소리하는 게 정말 힘들었다. 이해가 안 갈 수도 있겠지만, 내가 신규였던 시절 아래 연차라는 이유만으로 함부로 대하는 모습이 너무 싫었던 탓이다. '내가 선배 간호사가 되면 절대, 아래 연차 선생님들에게 저러지 말아야지'라고 다짐할 정도로.

다들 성인이기에 좋게 말해도 다 알아먹는데, 자존심을 상하게 하고, 투명인간처럼 대하기도 하고, 인사를 해도 받아주질 않는다. 분명 난 인사를 했음에도 불구하고 얼굴을 마주보고 인사하지 않았다는 이유로 "넌 인사도 안 하니?"라는 말을 들은 적도 있다. 난 절대 그러지 말아야지 다짐했지만, 정말 바쁜 상황에서는 나도 예외가 아니었다. 응급상황에서 신규 선생님에게 "이거 가져다줘"라고 말했지만 저거 가져올 때, 나도 모르게 "도대체 뭐해?"라는 말이 튀어나오기 일쑤였다. 처음에는 이렇게 변해가는 이유가 극한상황에서 일하기 때문일 거라고 생각했다. 이 상황에서 벗어나면 해결될 문제라고 생각했다. 한마디로, 나는 그만둘 핑곗거리들을 끊임없이 찾았다.

흔히 말하는 태움을 경험할 때도, "너 기 센 거 아니?"라는 말을 들었을 때도 '이건 좀 아니지 않나? 당장 사직서 쓰러 가야겠다'고 생각했다.

여기서 한마디 덧붙이자면, 다들 싫은 소리를 한참 동안 늘어놓은 후 이렇게 말한다.

"다 너 잘되라고 그런 거야. 네가 미우면 이런 말도 안 해."

"아가씨 생각해서 그런 거야. 간호사 되려고 몇 년 동안 학교 다닌 게 아까워 보여서. 내가 당신 구속하고 싶은데 참는 거야."

과연 정말 그럴까? 하지만 말과는 상반된 애정 없는 비판은 어떤 식으로든 다 느껴지곤 한다.

이렇게 사람에 지쳐서 그만두려고 할 때쯤, 평소에 좋아하는 김미경 작가님의 강연을 찾아갔다. 꿈을 위해서 지금의 직장을 그만두면 안 된다는 말, 지금의 직장이 자신의 꿈을 이루게 해주는 기반이 되어준다는 말을 들었다.

동기들이 하나둘씩 자신의 길을 찾아 떠나가고, 한 명 남아있는 동기와 병원 이야기를 하다가 "넌 언제 그만둘 거야?"라고 질문했다. 그러자 동기는 "나도 당장이라도 그만두고 싶지만, 2년 후에는 결혼도 하고 싶고 5년 후에는 다른 것도 하고 싶고……"라고 말끝을 흐렸다.

그렇다. 힘들긴 하지만 따지고 보면 작은 이유들 때문에 그만두고 싶다는 생각을 했던 것이다. 아무리 사람들이 힘들게 한다고 해도 그런 사람들 때문에 내 삶을 포기할 수는 없었다. 그만큼 다른 사람들이 자신의 삶에서 중요한가? 자신의 삶을 좌지우지할 정도로 다른 사람들이 중요한가?

지금은 절판됐지만 김경 작가의 인터뷰집 『김훈은 김훈이고 싸이는 싸이다』에서 소설가 김훈은 이런 말을 한다.

사람들이 작당해서 나를 욕할 때도 나는 이렇게 생각했어요.

'네놈들이 나를 욕한다고 해서 내가 훼손되는 게 아니고, 니들이 나를 칭찬한다고 해서 내가 거룩해지는 것도 아닐 거다.
그러니까 니들 마음대로 해봐라.
니들에 의해서 훼손되거나 거룩해지는 일 없이 나는 나의 삶을 살겠다.'

한 번쯤 그만두고 싶을 때, 다른 상황이나 사람들에 의해 휩쓸려 결정하지 말고 나 스스로가 선택하고 인정할 수 있는 삶으로 걸어가길 바란다. 모든 것은 다 지나간다.

모든 것은 지나간다

세실 프란시스 알렉산더

모든 것은 지나간다
해돋이의 장엄함이 아침 내내 계속되지는 않으며
비도 영원히 내리지 않는다
모든 것은 지나간다
해질녘의 아름다움이 한밤까지 이어지지도 않는다
하지만 대지와 하늘과 천둥,
바람과 불,
호수와 산과 물,
이런 것은 언제나 존재한다

만일 그마저 사라진다면
인간의 꿈이 계속될 수 있을까
인간의 환상이

당신이 살아 있는 동안
당신에게 일어나는 일들을 받아들이라
모든 것은 지나가버린다

사이렌

'사이렌'이라는 단어를 들으면 난 가장 먼저 병원을 떠올리곤 한다. 한때 가수 선미의 노래 〈사이렌〉이 음원 차트 1위를 했으니 누군가에겐 '사이렌' 하면 먼저 떠오르는 것이 어쩌면 선미의 노래일 수도 있겠다. 또는 막연하게 응급상황, 응급실이 그려질 수도 있다. 나는 여기서 의료인으로서 느끼는 '사이렌'에 대해서 이야기하고 싶다.

'사이렌'이란 소리로 위험을 알려주는 경보장치다. 그렇기에 병원 근처는 항상 사이렌 소리로 가득하다. 옛날에는 사이렌 소리를 들으면 자리에 멈춰 '무슨 일이 있는 걸까?' 걱정했는데, 지금은 집이 병원에서 1분 거리에 있어 밤낮없이 듣기에 사이렌 소리를 인지조차 못 할 때도 있다.

사람들은 자신의 몸이 보내는 '경고'를 인지하고 병원에 방문한다. 아파서, 아프지 않기 위해서, 또는 혹시나 자신에게 병이 있을까 검사하러 오기도 하고, 기존에 하고 있는 치료들이 효과가 있는지 확인하러 오기도 한다. 좀더 잘살기 위해서 병원을 찾는 경우가 많다고 생각한다. 물론 잘 죽기 위해서 오는 공간이기도 하지만.

'병원'이란 단어에는 병자를 진찰, 치료하는 데 필요한 설비를 갖추어놓은 곳이라는 뜻이 있다. 그렇기에 병원의 본질에 맞게 병자를 진찰하고 치료하는 것이 우선이라고 생각한다. 그렇지만 요즘의 병원은 친절 위주의 '서비스'를 강조한다. 의료가 서비스업이 된 것이다. 물론 친절하면 좋다. 밝은 기운은 사람을 기분좋게 만드는 마법을 가지고 있기에. 몸과 마음이 지친 사람들에게 친절은 위로가 되리라 생각한다.

그렇지만 '의료 서비스'라는 명목하에 무시당하는 의료인의 인권이 안타깝게 느껴진다. 뉴스에서 한 번씩 의료인이 당하는 폭행 사건을 볼 때마다 어쩌면 서비스를 너무 강조해서 생긴 일이 아닐까 하는 생각이 든다. 환자나 보호자가 폭언, 폭행을 해도 의료인은 서비스를 제공하는 사람으로서 '고객이 왕'인 한국에선 호소할 곳이 없다. 누구라고 환자와 보호자에게 일부러 싫은 소리를 하겠는가. 싫은 소리를 하면서 자기 기분도 안 좋아지는데 왜 그렇게 하고 싶겠는가. 환자에겐 다음과 같은 환자의 권리와 의무가 주어진다.

환자의 권리

1. 진료받을 권리

환자는 자신의 건강 보호와 증진을 위하여 보건의료 서비스를 받을 권리를 갖고, 성별·나이·종교·신분·국적·언어·인종 및 신체적·정신적·경제적 사정 등을 이유로 차별받거나 건강에 관한 권리를 침해받지 아니하며, 의료진은 정당한 사유 없이 진료를 거부할 수 없습니다.

2. 알 권리 및 자기결정권

환자는 의료진 등으로부터 담당 의료진의 전문분야, 질병 상태, 치료목적, 치료계획, 치료방법, 치료예상결과 및 부작용, 퇴원계획, 진료비용, 의학적 연구대상 여부, 장기이식 및 기증 여부 등에 관하여 충분한 설명을 듣고 자세히 물어볼 수 있으며 이에 관한 동의 여부를 결정할 권리가 있습니다. 윤리적인 범위 내에서 특정 치료 및 계획된 진료가 시작된 이후 이를 중단하거나 거절할 수 있고 대안적 진료에 대한 설명을 듣고 결정할 수 있습니다.

3. 비밀을 보호받을 권리

환자는 진료와 관련된 신체상, 건강상의 비밀과 사생활의 비밀을 침해받지 아니하며, 의료진과 의료기관은 환자의 동의를 받거나 범죄수사 등 법률에서 정한 경우 외에는 개인정보 공개를 포함하여 비밀을 누설, 발표할 수 없습니다.

4. 상담 및 조정을 신청할 권리

환자는 의료 서비스 관련 분쟁이 발생한 경우, 내부기관 또는 외부기관(한국소비자원, 한국의료분쟁조정중재원 등)에 상담 및 조정을 신청할 수 있습니다.

5. 가치관이나 신념을 존중받을 권리

환자는 문화적, 종교적 가치관이나 신념 등의 이유로 차별받거나 권리를 침해받지 않습니다.

6. 신체적 보호와 안정을 취할 권리

환자는 병원에서 발생할 수 있는 위험으로부터 보호받고 심신의 안정을 취할 권리가 있습니다.

환자의 의무

1. 의료진에 대한 신뢰 및 존중의 의무

환자는 자신의 건강 관련 정보를 의료진에게 정확히 알리고, 의료진의 치료계획을 신뢰하고 존중하여야 합니다.

2. 부정한 방법으로 진료를 받지 않을 의무

환자는 진료 전에 본인의 신분을 밝혀야 하고, 다른 사람의 명의로 진료를 받는 등 거짓이나 부정한 방법으로 진료를 받지 않습니다.

3. 병원 내 관련 규정 준수 의무

환자는 병원 내 관련 규정을 준수하고 다른 환자를 존중하여야 하며, 병원과 체결된 재정적 의무를 성실히 이행하여야 합니다.

이렇게 환자에게는 권리와 의무가 주어지는데, 의무는 지켜지지 않은 채 권리만 주장하고 있는 현실에 가끔은 회의감을 느낀다.

'환자의 알 권리'는 정말 중요하다. 자신의 상태와 치료계획을 듣고, 자신의 삶(웰빙, 웰다잉)에 대해 생각하고, 그 가치관에 맞게 결정해야 하기 때문이다. 하지만 간혹 이런 경우도 있다. 중환자실은 의식이 거의 온전하지 못한 사람이 많아 보호자들에게 대신 설명해야 하는 경우가 다반사인데, 매번 보호자들이 달라지며 번번이 새로운 면담을 신청하는 경우다. 그 많은 보호자들을 매번 일일이 면담하기에는 간호사와 의사의 시간이 부족하다. 그래서 보호자분들이 의료진의 설명을 다 듣기 원하시면 한 번에 모였을 때 면담을 신청한다거나, 한 분이 꼭 전해주셨으면 좋겠다고 이야기한다. 그럼에도 불구하고 막무가내로 따로 해달라는 분들도 있다.

또 간혹가다 주치의와 면담을 원해 신청했지만, 다른 환자의 생명이 위급해 주치의가 올 수 없다고 충분히 설명했음에도 불구하고, 내 가족도 자신이 보기엔 위급하니 당장 오라고 하는 보호자도 있다. 또 간호사에게 '어디가 아픈데 왜 해결 안 해주냐, 왜 주치의는 한 번도 안 와보냐'고 불평불만을 쏟아내다가도 주치의가 등장하면 언제 그랬냐는 듯이 감사하다고 하는 보호자도 있다.

병원은 의사만이 아닌 간호사, 응급구조사, 임상병리사, 간호조무사, 이송팀 등 여러 분야의 사람들이 존재하는 곳이다. 다들 자신의 분야에서 환자의 안위를 위해 최선을 다하고 있다. 그러니 한 번은 생각해봐주었으면 한다.

이런 의료진의 '사이렌'에도 한 번쯤은 관심 가져주길 바란다.

2부

무뎌지지도 말고

무뎌진 듯해도 무뎌지지 않는

중환자실은 생과 사의 경계에 있기에 하루에도 몇 번씩 죽음을 마주한다. 신규 시절에는 누군가의 죽음을 본다는 게 가장 힘들었다. 누군가의 소중한 사랑일 것이고, 누군가의 소중한 아빠 또는 엄마일 것이며, 누군가에겐 눈에 넣어도 아프지 않을 자식일 터였다. 사망선고를 받고 절규하듯 우는 가족을 보면 내 일처럼 느껴졌다. 눈에 눈물이 고이고, 다른 일을 하려 해도 일이 손에 잡히지 않았다.

하지만 환자 한 명만 보는 것이 아니니 간호사로서 감정에 압도되면 안 되기에 아무렇지 않은 듯 일해야 한다. 그렇게 아무렇지 않은 것처럼 사후 처치를 하고 퇴근 전까지 일하면서 잊어버린 듯하지만, 집에 오면 다시 생각나고 꿈에 나오기까지 한다.

그래서일까, 퇴근 후 멍하니 TV를 보거나 노래를 듣는 시간이 내겐 필요하다.

DNR은 죽을 수도 있는 위험상황에 처했을 때 살려도 가망이 없다면 심폐소생술을 하지 않겠다는 것이다. 환자가 기저질환이 많거나 고령인 경우, 더이상의 가망을 품기 어려운 경우 보호자에게 DNR에 대해서 설명한 후 동의서를 받는다. 심폐소생술을 할 때는 성인이 힘껏 흉부를 누르게 된다. 심장을 압박해 전신으로 피를 뿜어내려고 하기 때문에 갈비뼈가 부러지고 멍이 들기도 한다. DNR에 동의하면 위급상황 시 심폐소생술을 시행하지 않는다. 소생술 포기이기에 심장마사지만 안 한다고 생각할 수 있지만, 승압제를 사용하지 않을 수도 있고, 몸에 산소포화도가 유지되지 않을 때 기관내삽관도 시행하지 않겠다는 부분까지 동의사항에 포함할 수 있다.

어떤 날은 출근했는데, 한 할아버지가 하이플로우high flow(고유량 산소요법)를 유지하며 숨을 꺼억꺼억 겨우 쉬고 있었다. 할아버지의 팔찌와 이름표에는 DNR이라 적힌 빨간 스티커가 붙어 있었다. 산소포화도가 유지되지 않을 때도 삽관을 하지 않겠다는 DNR이었다. 해줄 수 있는 것이 아무것도 없었다. 할아버지가 서서히 사그라져가는 모습을 지켜보다가 정말 돌아가시기 직전에 가족 곁에서 임종하게 해주는 것이 내 몫이었다. 누군가는 죽고 누군가는 살아서 나가곤 하는 곳이 중환자실인 만큼, 누군가를 살리기 위해 치열하게 뛰다가도 누군가의 임종을 감당해야 하는 것이 우리의 일이다. 그렇지만 매번 너무 곤혹스러웠다. 꽃이 활짝 피었다가 시들어가는 것을 보는 것처럼 누군가가 인생 마지막에 천천히 죽어가는 모습을 지속적으로 본다는 건 정말 쉬운 일이 아니었다.

처음엔 힘들어했지만 나랑 대화도 가능했던 할아버지가 시간이 지날수록 숨쉬는 게 점점 더 어려워지는 게 보였다. 온몸을 쓰며 숨을 꺼억꺼억 쉬었다. 점점 눈이 흐리멍덩해져갔고 의식은 처졌다. 아무것도 해줄 수 없지만, 임종을 지키기 위해 할아버지의 앞을 떠날 수가 없었다. 이윽고 할아버지는 산소포화도가 측정되지 않았고, 자극에 반응하지 않았다. 혈압도 측정되지 않았고, 소변도 나오지 않았다. 끝내 할아버지의 심장 뛰는 속도가 느려져갔고, 보호자와 면회를 시행했다.

할아버지를 보내드리고 퇴근하며 집을 향해 걸어가는 길은 너무 길었다. 뭐라 표현하기 어렵지만 '인생이 참 덧없구나'를 느꼈다. 집으로 돌아와 혼자 생각하는 시간이 오래도록 필요한 날이었다.

다음날 출근하니 자리만 바뀌고 사람만 바뀐, 똑같은 상황의 할아버지가 또 들어와 있었다. 힘들었던 어제의 일을 똑같이 반복해야 하는 상황이었던 것이다. 어제처럼 할아버지에게 해줄 수 있는 건 아무것도 없지만 그 앞을 떠날 수 없었다. 그날도 할아버지의 임종을 지켜드리고서야 하루를 마무리할 수 있었다.

이런 상황들도 반복되면 익숙해진다. 무뎌진다. 나도 사람인지라 무뎌져야지만 내가 살아갈 수 있었다. 병원이라는 곳은 죽음과 가깝기 때문에 죽음에 대해 더 무뎌져야만 했다. 매일매일 누군가의 죽음에 슬퍼했다면, 나는 그 우울이라는 바다에 빠져 잠식해버리지 않았을까? 나도 살기 위해 무뎌졌다. 아니, 무뎌진 거라고 생각했다. 누군가의 죽음이 더이상 슬프지 않다고 생각했다. 그냥 '가실 때가 되셨으니 가셨겠지'라고 생각했다. 한번은 시간이 지날수록 누군가의 죽음에 더이상 슬퍼하지 않는 내 모습을 보며 '난 괴물이구나' 생각한 적도 있다.

그러던 어느 날, 내가 맡아서 보는 환자도 아니어서 친밀감이 형성되지 않은 환자의 임종을 지켜보던 날이었다. 죽음에 대비했어도 막상 닥치면 보호자들은 처절하게 울기 시작한다. 그런 모습을 옆에서 보고 있자니 갑자기 마음에 쌓아두었던 장벽이 와르르 무너져내렸다. 순간 눈에 눈물이 고여 하던 일을 잠시 멈췄다. 슬프기도 하면서 너무 반가웠다. 이런 마음이, 이런 나의 감정 상태가.

무뎌지고 싶지 않다. 간호사도 누군가의 가족인데 저 슬픔이 어찌 공감되지 않겠는가. 예전에 동기가 그런 말을 한 적이 있다. 누군가의 심장이 멈추었다. 그를 살리기 위해 심장마사지를 시행하는데 몇몇 의료진이 웃으면서 하는 모습이 눈에 들어왔고 때마침 중환자실 문이 열리면서 환자의 가족들이 처절하게 우는 모습을 보았을 때 참 아이러니했다고.

이정현 작가의 『함부로 설레는 마음』(시드앤피드, 2018)에 '무디어지다'와 '스며들다'의 차이에 대해 설명해둔 부분이 있다. 딱 내가 하고 싶었던 말이었다. '무디어지다'라는 단어에는 이런 뜻이 있다.

1. 칼이나 송곳 따위의 끝이나 날이 날카롭지 못하게 되다.

2. 느끼고 깨닫는 힘이나 표현하는 힘이 둔하게 되다.

처음부터 다들 죽음 앞에 무디진 않았을 것이다. 어쩌면 그 안에서 자신을 지키기 위해, 자신이 살아남기 위해 택한 방법이었을 것이다. 무뎌지지 않으면 매일 자신이 무너지는 상황을 경험해야 하기 때문에. 또 '스며들다'에는 이런 뜻이 있다고 한다.

1. 속으로 배어들다.

2. 마음 깊이 느껴지다.

누군가의 죽음이 마음 깊이 느껴졌으면 한다. 누군가의 삶과 그 가족의 슬픔이 죽음 앞에서는 마음 깊이 느껴졌으면 좋겠다.

무뎌지기보다는 스며들기를.

삶과 죽음의 공존

'삶과 죽음의 공존.' 딱 중환자실을 보고 하는 말이 아닐까? 죽기 직전에 오는 경우가 많은 곳이다보니 죽다 살아난 사람들과 죽어가는 사람들이 공존하는 공간이다. 앞면을 보면 삶이, 뒷면을 보면 죽음이 있다. 동전의 앞뒷면처럼.

환자 A는 공사장에서 일하다가 높은 곳에서 떨어졌다. 바로 응급실로 옮겨졌고, 어디 부러진 곳이 있는지 머리부터 발끝까지 검사를 진행했다. 병원에 왔을 때부터 의식이 없었고 동공은 열려 있었다. 깨어날 가망이 거의 없어 보였다. 그런 환자 A 옆에는 사는 게 버거웠는지 자살시도를 한 환자 B가 누워 투석을 받고 있었다. 옆에는 토혈을 하고 검은색 변을 보는 환자 C가 누워 있었다. 위장관 중 어딘가에 출혈이 있을지 몰라 그는 물도 먹지 못하는 금식중이었다.

환자 A는 시간이 가면 갈수록 안 좋아지기만 했다. 기존에도 질병을 많이 가지고 있었고, 폐렴까지 생겨 수시로 가래를 뽑아줘야만 했다. 그래도 그의 의식은 쉽게 돌아올 생각을 하지 않았다. 환자 B는 투석 한 번 받고, 수액 치료를 받으며 건강을 회복해가는 상태였다. 어제는 물을 먹기 시작했고, 오늘은 식사를 진행했다. 그 옆에서 환자 C는 어제는 내시경하며 지혈술을 시행했고, 아직까지 물 한 모금 먹을 수가 없었다. 환자 B가 먹는 밥냄새가 그를 괴롭혔다.

환자 C: 나 물 한 잔만 주면 안 될까? 아니면 물 한 모금이라도. 목이 너무 말라.

간호사: 우리가 길 가다가 넘어져서 살짝 찢어졌어요. 병원에 빨리 가서 상처를 꿰맸는데, 거기에다가 물을 묻히나요? 지금 환자분 뱃속 상태가 그래요. 아물고 있는 상처에 물을 들이부으면 덧나지 않을까요?

환자 C: 내 몸은 내가 더 잘 알아. 나 지금 물 먹어도 돼.

그에게 지속적으로 설명했지만 통하지 않자 간호사는 주치의에게 이야기했다. 주치의가 와서 차분히 설명하니 그는 좀 진정이 되었다.

이 드라마 같은 장면을 보다 문득 이런 생각이 들었다. 누군가는 살아가다가 삶이 좀 힘들어서 죽고 싶다는 생각에 자살 시도를 했고, 운좋게 누군가에게 발견되어 병원 응급실에 왔다. 응급실에서 급한 처치를 받은 후 혹시나 하는 상황에 대비해 중환자실에 입원해 투석 치료와 수액 치료를 받아 몸속의 안 좋은 것들을 걸러냈다. 그렇게 환자 B는 다시 살아나 밥까지 먹는다. 살겠다고 밥을 먹는다. 그런 환자 B 옆에는 살겠다고 열심히 일하다 다쳐 사경을 헤매는 환자 A가 있다.

그 상황에서 가장 괴로운 건 환자 C이지 않을까. 환자 A는 의식이 없으니 아프거나 고통스러운 것을 인지 못 하겠지만, 환자 C는 아픔을 느끼기도 하고 물을 먹지 못해 괴로운 가운데 음식냄새까지 맡아야 한다. 운명의 장난인지, 보고 있는 나마저 억울하다는 생각이 든다. 인생사가 이런 게 아닐까.

중환자실에선 뇌사에 빠진 사람도 흔하게 볼 수 있다. 살아 있긴 하나 뇌가 죽은 상태. 여기에도 삶과 죽음이 공존한다. 사람이 살아가는 데 필요한 바이털 사인은 일반 사람처럼 유지가 잘되지만 아무것도 하지 못한다. 혹시나 깨어날까 기다리는 보호자와 눈을 맞추거나 따뜻하게 손을 잡아주는 등의 상호작용은 아무것도 하지 못한다. 살아 있으나 살아 있는 게 아닌 상태다.

한동안은 살아 움직이는 것만 '살아간다'라고 생각했다. 5년 차 간호사로 일하면서 누군가의 죽음을 정말 수도 없이 본 것 같다. 그 가운데 제일 내 손으로 보내드리기 싫은 분이 있었다. 간이식을 하고 꽤 오랜 기간 그 환자를 보면서 친해졌다. 죽을 뻔한 고비도 수없이 넘겼고, 회복되어서 병동으로 보냈다가 다시 오기도 하면서 희로애락을 같이 나눈 분이다. 때론 징글징글하다가도 수시로 장난치면서 같이 웃었고, 아슬아슬하다가도 오랜만에 보면 반가웠다.

퇴원했다가 다시 오셨을 때 "바깥바람 쐬니깐 좋죠? 퇴원하시고 뭐하셨어요?"라고 질문하며 먼저 말을 건네기도 했다. 중환자실 치료를 하고 다시 병동으로 보내드린 간호사도 나였고, 중환자실에 올라와서 마지막을 지킨 사람도 나였다. 마지막 임종을 바라보려니 눈물이 고였다. 금방이라도 눈물이 흐를 것만 같아 화장실을 몇 번이고 다녀왔다. 아내분이 그동안 고마웠다고 마지막 인사를 하고 보내드리는 모습을 보면서, 육신은 죽었지만 사람들의 기억 속에 남아 살아가는 힘이 되어주니, 이것도 삶과 죽음의 공존이 아닐까 생각했다. 죽으면 끝이라고 생각했는데, 죽어서도 누군가의 기억에 남아 휴식이 되어주고 살아가는 힘이 되어준다면 그것도 삶과 죽음의 공존이지 않을까?

'안녕'에는 두 가지 뜻이 있다.

떠나보내는 '안녕'과 맞이하는 '안녕'.

그 두 가지 '안녕'을 같이할 수 있음에 감사했고, 마지막 '안녕'을 같이할 수 있음에 감사했다. 한 인생의 마지막 노을에 내가 같이 있을 수 있었음에 감사하다.

그리고 한 달도 되지 않아 물건을 사러 갔다가 그의 아내분과 마주쳤다. "퇴근?"이라고 물으시는 그분께 "괜찮으시죠? 잘 지내고 계시죠?"라고 질문하고 싶었지만, 꾹 눌러담았다. 그분의 안녕을 위해.

간호사의 온도

"'간호사의 온도'라는 단어를 들으면 넌 어떤 생각이 들어?"

"냉정해."

"그렇지. 우리는 무너지면 안 되는 존재들이니깐."

언젠가 내가 지인과 나눈 대화다. '간호사의 온도'라고 하면 나도 가장 먼저 떠오르는 것이 '냉정'이라는 단어였다. 마음은 들끓는 화산이어도 겉으로는 냉정하고 냉철해야만 한다.

드라마 〈질투의 화신〉에서 박진주씨가 연기했던 오간호사가 화제가 된 적이 있다. 실제 간호사라고 착각할 만큼 찰진 연기를 선보였는데, 오간호사는 굉장히 친절하지만 감정을 읽을 수 없는 인물이었다.

"환자분, 지금 여기 있으시고요. 많이 힘드시면 안정제 하나

봐드릴게요."

간호사가 된 지 한 달도 채 되지 않았을 때, 거의 하루에 한 번 CPR이 발생했다. "선생님, ○○번 △△△님 병동 갈 거예요. 폴리foley catheter(유치도뇨관, 일명 '소변줄') 제거해주세요." 선배 선생님 말에 서둘러 소변줄을 제거하러 환자에게 갔다. 환자는 돌아누워 있는 상태였고, 커튼을 치며 "△△△님, 병동 가시기 전에 소변줄 제거해드릴게요"라고 말했다.

환자가 똑바로 누울 수 있도록 몸을 돌리는 순간, 그는 힘없이 툭 손을 떨어뜨렸고, 상상도 할 수 없을 만큼 많은 피를 토하고 있었다. 거의 뿜어낸다고 느껴질 정도였다. 그 순간, 뭔가 완전히 잘못되고 있음을 느꼈다. 당장 선생님을 향해 큰 소리로 되물었다.

"선생님, △△△님 폴리 제거 맞아요?"라고 묻자 "응, 지금 병동 갈 거야. 빨리 제거해줘"라는 대답이 돌아왔고 나는 바로 "선생님, 완전 피 토하고 환자 힘이 없어요!"라고 답했다. 그 말에 놀란 선생님은 당장 환자를 확인하러 달려왔다. 곧이어 베드사이드 모니터에서 빨간불을 띄우며 심박동수가 20대임을 연신 알리기 시작했다.

"빨리 코드블루 방송해! 여기 CPR이야!"

선생님은 소리치며 심장마사지를 시작했다.

"코드블루 코드블루 ICU, 코드블루 코드블루 ICU."

곧이어 다른 일을 하던 간호사 선생님들이 몰려들었고, 의사들도 연이어 중환자실로 달려들어왔다. 한참 심장마사지를 하던 와중에 반대편 환자의 베드사이드 모니터도 연신 빨간불을 띄우며 환자가 위험하다는 것을 알려왔고, 또다른 CPR이 발생했다. 일하는 간호사 수는 정해져 있고, 아무것도 못 하는 나지만 적극적으로 참여해야 하는 상황이 온 것이다. 다시 한번 코드블루 방송이 나왔다.

"코드블루, 코드블루 ICU, 코드블루, 코드블루 ICU."

숨가쁘게 중환자실 문을 열고 뛰어온 의사들도 한 곳만 CPR인 줄 알았는데, 두 곳이 같이 CPR을 하니 당황한 기색이 역력했다. 물론 나도 당황했다. 사람이라면 누군가 죽어가는 상황에 본능적으로 반응하지 않을까? 살리고 싶다. 마음은 뜨거웠지만 난 할 수 있는 것이 많지 않았다.

"신규 선생님, 중심정맥관 잡게 세트 빨리 준비해주세요."

서둘러 세트 준비를 시작했다. 마음은 급한데 처치들은 손에 익지 않아 버벅거렸고, 결국엔 멸균으로 준비해야 하는 영역을 오염시켜 다시 세트를 가져와 새로 준비해야만 했다.

'아, 급한데! 왜 이렇게 준비가 착착 되지 않는 거야'라고 되뇌며 스스로를 질책했다. '할 수 있어. 차분하게 하나하나씩 해보자. 빠르지만 정확하게! 덜렁대지 말자'라고 스스로를 세뇌시키며 준비했다. 그러자 행동 하나하나가 정확해졌고 아까보단 더 빠른 시간 안에 준비할 수 있었다.

나는 응급상황을 감당해내는 많은 사람들 중 고작 한 명일 뿐이지만, 내가 상황에 압도되어 허둥지둥하면 처치할 수 있는 시점을 놓칠 수도 있으며 일이 지연될 수도 있었다.

힘들던 CPR을 마무리하고 집에 돌아가니 잔상이 남아 있었다. 한번 평정심을 잃으니 일이 손에 잡히지 않아 힘들었다. 다시 한번 중환자실의 무서움을 느꼈고, 과연 내가 계속 가야 하는 길인가 고민이 되었다. 극한의 상황을 마주하는 것도 힘들었고, '내가 누군가의 인생에서 중요한 한 부분을 책임질 만한 사람인가?'라는 생각이 들었다.

시간이 지나 연차가 조금 쌓인 지금은 환자의 이상 징후를 예전보다는 빨리 알아챈다. 그리고 필요한 검사들을 시행한 후 주치의에게 빨리 보고한다. 만약 기관내삽관이 필요한 경우라면 주치의가 올 때까지 삽관을 위한 재료 준비는 물론 환자의 자세를 잡고 필요한 약물 등을 준비해놓고는, 산소가 떨어지는 환자라면 마스크를 환자의 얼굴에 단단하게 부착하고 호흡주기에 맞춰 앰부를 짠다.

주치의가 적절한 타이밍에 기관내삽관을 시행할 수 있도록 최상의 상태를 만들어놓으려고 노력한다. 주치의가 도착해서 시행을 시작할 때, 삽관이 쉽게 되도록 자리를 보는 일부터 주치의가 튜브를 달라고 할 때 튜브를 건네는 일, 가이드와이어 guide wire 빼는 일, 기관 내에 관을 고정하는 일까지 손발이 척척 맞아야 한다. 내가 우왕좌왕하며 지체하면 주치의가 '지금 이때다' 하는 순간을 놓치게 된다. 환자의 상태가 괜찮다면 그런 순간들은 다시 돌아올 수 있지만, 쉽게 돌아오지 않을 수도 있다.

매번 상황이 터질 때마다 당황하지만, 차분해지려 노력한다. 마음만 바쁘다고 해서 절대 일이 빨라지는 것이 아니며 오히려 실수를 연발하게 된다. 의료진으로서 환자가 누군가의 가족이고 누군가의 소중한 사람이라는 것을 잊으면 안 되지만, 거기에 너무 몰입하면 감정적으로 치우쳐서 이성적으로 보이지 않을 때가 있다. 급박한 상황이 되면 마음의 온도를 한층 툭 떨어뜨려 냉정하게 일을 진행한다. 위기 상황의 연속인 중환자실에서 불안을 겪는 환자나 보호자들을 대할 때는 따뜻하게 대하고자 노력한다. 물론 바쁘거나 상황이 여의치 않으면 잘되지 않는 게 현실이지만.

간혹가다가는 너무하다 싶은 보호자들이 있다. 중환자실에 있다는 것은 호흡이나 혈압이 불규칙하거나 부정맥이 심할 때 등 기본적인 바이털 사인이 유지되지 않는 경우가 많다는 것이다. 혹시 모를 위험한 상황에 대비해서 오기도 한다. 물론 사람에 따라 중증도가 다르지만, 그래도 위험하거나 위험성을 가지고 있기 때문에 오게 된 것이다.

신장이 좋지 않아 투석중인 환자 A가 있었다. 조영제를 사용하는 경우 신장에서 몸에 안 좋은 것들을 제대로 거르지 못하기 때문에 조영제를 사용하는 검사를 진행한 후 투석을 시행하기도 한다. 하루는 환자 A가 조영제를 사용하는 검사를 진행하고 투석을 기다리고 있었다. 중환자실에서 투석은 투석 스케줄에 따라 또는 환자의 중증도에 따라 시행하는데, 그는 당장 해야 할 정도로 급하진 않았다.

그때 중환자실엔 자살시도로 음독을 하고 투석중이던 환자 B가 있었다. 그런데 면회하러 온 환자 A의 보호자는 환자 B가 투석하고 있는 걸 보았다며 자신의 부모님이 더 급하니 환자 B의 것을 떼어다 투석해달라고 하는 것이었다. 환자 B의 중증도가 더 높고 지금 시행해야 한다고 충분히 설명했지만, 인정하려고 하지 않았다. 나는 단호히 "안 됩니다"라고 말한 후 돌아섰다.

세상을 어떻게 살았든, 사회에서 어떤 사람이든 중환자실에서는 중요하지 않다. 환자 중에는 사회적으로 인정받는 사람들도 있지만, 가족 한 명 없이 의료비를 내지 못하는 사람들도 있다. 감옥에 수감중인 사람이 오기도 하고, 전자발찌를 차고 오는 범죄자들도 있다. 의료진의 눈엔 모두 그저 환자일 뿐이며 중증도에 따라 치료할 뿐, 사람을 선택해서 치료하지 않는다.

신규 시절에는 감성과 이성을 떼어놓는 연습이 충분히 되지 않아 냉정하게만 대했던 것 같다. 성격 자체가 따뜻한 말 한마디 잘 못하기도 했고, 정 붙이고 나서 환자 상태가 안 좋아지면 너무 힘들어 정을 붙이려 하지 않았다. 환자 상태가 안 좋아지는 모습을 보거나 나에게 상처 주는 말을 들을 때면, 가라앉은 마음에서 헤어나는 시간이 너무 오래 걸렸다. 시간이 지나면서 민원사건도 겪고, 또 스스로 돌아보면서 어쩌면 저 사람들에게는 따뜻한 말 한마디가 더 필요할 수도 있겠구나 하는 생각이 들었다. 그럴 땐 냉정한 온도보다는 뜨거운 온도가 더 필요하겠지?

울어줘서 고마워

"응애응애응애……"

'중환자실' 하면 어른들만 있을 거란 생각이 들겠지만, 우리 중환자실은 소아응급을 받기에 1개월 아기부터 19살 청소년들까지 온다. 만약 중환자실의 자리가 꽉 차 있는 상태라면 다른 중환자실로 있던 환자를 보내고 새로 온 환자를 받아야 한다.

신규 시절에 꽤 오랜 장기 소아 환자가 있었다. 무엇 때문에 왔는지 정확히 기억나지는 않으나 뇌사 상태였고 인공호흡기를 떼면 죽는 아이였다. 오랜 기간 기관내삽관을 유지한 채 있을 순 없어 기도절개술을 시행해 기관절개용 튜브tracheal tube로 인공호흡기를 연결한 상태로 있었다.

아이는 울지도 않았고, 자극을 주어도 반응하지 않았다. 깨어날 확률은 아주 희박했고, 6개월이 넘도록 누워만 있었다. 아기한테서는 늘 아가냄새가 날 것 같지만, 오래 움직임이 없던 아이는 성인처럼 씻지 못했을 때의 냄새가 나기도 했다.

나에겐 아이지만 아이 같지 않게 느껴졌다. 중환자실에 있는, 의식 없는 수많은 사람들 중 한 명이었다. 오랜 병원생활 탓에 아이의 가족들도 희망을 잃어가고 피폐해져갔다. 요즘에는 연명의료 중단이 있지만, 그 당시는 연명의료 중단 체제가 확립되기 전이라 시간은 계속 흐르기만 했다. 처음엔 희망을 가지고 기다리던 부모님도 시간이 지날수록 깨어날 확률이 거의 없다는 것을 인지했는지 인공호흡기를 떼고 싶다고 이야기하기도 했다. 오랜 시간이 흘렀지만 결국 아이는 깨어나지 못했다.

시간이 지나 오게 된 또다른 아이가 있다. 자매들과 샤워하다가 엄마가 잠시 자리를 비웠다 돌아와보니 아이가 물에 떠 있었다고 한다. 전후 사정에 대해서는 정확히 모른다. 아이들밖에 없었고, 엄마가 잠시 자리를 떴다가 돌아온 후 벌어진 상황이었을 뿐이었다. 아이는 가망이 없는 뇌사 상태에 빠져 중환자실에서 몇 달을 지냈다. 전에 본 아이처럼 울지도 반응하지도 않았고, 아이의 부모님은 매일 와서 울기만 하다가 돌아갔다. 그렇게 그 아이도 결국엔 깨어나지 못했다.

이렇게 내가 본 중환자실의 아이들은 참혹했다.

환자 네 명을 봐야 하는 날이었다. 출근하자 한두 살 정도 되어 보이는 아기가 앉아 날 무섭다는 듯이 쳐다보고 있었다. 혼자 어느 정도 움직일 줄 알고 '까까' '맘마' '빠(아빠)' 정도의 단어도 말할 줄 알았다. 환자 네 명을 봐야 하는 부담감도 있었지만, 아이는 정말 한순간도 눈을 뗄 수 없기에 더 큰 부담감으로 다가왔다.

"응애응애응애……"

엄마나 아빠를 찾는 듯했지만, 중환자실은 원칙적으로 정해진 면회시간을 제외하면 보호자가 들어올 수 없기에 내가 아이의 엄마가 되어보고자 열심히 달래봤다. 하지만 아이는 이미 엄마와 아빠의 얼굴을 알기에 헛수고였다. 아이는 원래 폐 쪽으로 기저질환을 가지고 있었고, 이번에도 산소가 유지되지 않아 고유량 산소장치를 코에 장착한 채 있었다.

아가라면 코에 많은 바람이 들어오는 게 낯설어 손으로 쏙 뺄 법도 한데, 아이는 자신의 상태를 알고 있는 것인지 단 한 번도 빼지 않았다. 일하면서도 눈은 자꾸 아이를 향해 있었다. 행여 침대 위를 기어다니다 난간을 잡고 일어설까 싶어 침대 난간을 이불로 둘러두었다. 한 시간마다 체온이나 혈압을 측정했고, 시도 때도 없이 다가가자 아이도 이내 내가 익숙해졌는지 울다가 멈추기를 반복했다. 배가 고팠는지 아이가 나를 보자 "맘마"라고 말했다. "어떡해. 맘마 못 줘." 아이는 금식인 탓에 며칠 내

내 굶은 상태였다. 울다가 지쳐서 잠든 아이를 보자니 안쓰러웠다.

그다음날, 드디어 아이의 금식이 풀렸다. 서둘러 아이의 아빠에게 전화를 걸었다.

"아버님, 아기 이제 죽 먹어도 되는데, 병원식은 이미 마감이 되어버려서요. 혹시 죽 좀 사다주실 수 있으세요?"라는 나의 전화에 아이 아빠는 30분도 되지 않아 죽을 사왔다. 아이는 힘이 없는지 계속 자기만 했다. "○○아, 일어나봐"라는 나의 말에 눈을 뜨고 쳐다보기만 하다가 이내 눈을 감았다. 서둘러 할일들을 대충 끝낸 후 아이를 다시 깨웠다. "○○아, 맘마 먹을까? 맘마? 안 먹어?" 나의 말에 아기는 눈을 비비더니 "맘마?"라고 되물으며 잠에서 깨어나고자 했다. "응, 맘마! 맘마 먹자아~ 너무 오래 자는 것 같아"라고 하자 아이는 바로 눈을 말똥말똥 뜨며 앉았다. 아이의 옆에 앉아 한입 두입 먹는 것을 보자 엄마 미소가 절로 나왔다.

하지만 아침 근무인 탓에 시도 때도 없이 검사와 처치, 주치의 오더들이 쏟아졌고, 아이에게 한입 먹여주고 일처리하고 돌아와서 또 한입 먹여주기를 반복했다. 같이 근무하던 선생님은 이런 나의 모습을 보더니 잠깐 시간이 남을 때 아이에게 밥을 먹여주었다. 아기가 죽을 먹으며 짓는 표정이 얼마나 귀엽고 고마웠는지.

내가 담당했던 또다른 아이는 엄마가 몇 개월 전 높지 않은 곳에서 아이를 떨어뜨린 경우였다. 처음엔 심하지 않았기에 수술 같은 것을 받지 않은 채 며칠 상태를 보다가 집으로 돌아갔다. 만약의 경우 위험한 상황들이 생길 수 있으니 병원에 꾸준히 방문해 검사를 받았어야 했는데, 아이의 엄마는 병원을 찾지 않았고, 이후 아기가 이상 반응을 보이며 머리가 점점 커지자 병원에 왔다. 총 다섯 차례에 걸쳐 수술이 이루어졌고, 6개월도 채 되지 않은 아이가 버티기엔 너무 힘든 과정이었다. 인공호흡기를 달고 있었으며 잦은 경련으로 아이를 조금 재우기도 했다. 반응을 주면 인상은 쓰지만, 인공호흡기 탓에 목소리는 나오지 않았다. 중환자실 치료는 계속되었고, 이후 아이는 인공호흡기를 제거했다. 기도 내에 관을 유지했던 탓에 첫날은 아이가 울어도 우는 소리가 들리지 않았다.

이후 근무를 쉬고 돌아왔는데, 아이가 우렁차게 우는 소리가 탈의실에서부터 들려 너무 반가웠다. 일하는 내내 계속 울어대는 아이가 시끄럽게 느껴질 만도 했지만, 기특하기만 했다. 날이 갈수록 아이의 울음소리는 커져갔고, 그 울음소리가 노랫소리처럼 느껴졌다.

삭막하기만 한 중환자실에서 아이의 울음소리는 너무 반갑다. 울어줘서 너무 고맙다. 자신이 살아 있음을 알려줘서.

누군가에게 인생의 전부

오랜 병원생활 탓에 수액을 줄 정맥주사 루트가 전혀 없는 환자가 있었다. 게다가 승압제를 사용해야 했기에 중심정맥관이 필요했다. 중심정맥관은 아무래도 위험성이 있는 시술이다보니 보호자에게 동의를 받고자 위험성에 대해 설명했다. 보호자는 위험성 때문에 삽관을 꺼렸고, 갑자기 수선생님에게 가서 위험성에 해당하는 내용들 중 하나라도 실제로 일어난다면 책임지라고 따지기 시작했다. 위험성이 생길 확률은 적지만, 그래도 시술의가 아닌 아무 책임도 없는 수간호사 선생님에게 책임지라는 것은 너무하다는 생각이 들었다.

어떤 환자는 L-튜브를 오래 가지고 있었던 탓에 튜브가 막혔다. 일반식 대신 경관유동식이 L-튜브로 들어가고 있었기에 튜브를 다시 삽입해야 했다. 보호자에게 간단히 설명한 후 삽입하려고 하자 보호자는 자신이 보는 앞에서 하라며 면회가 끝났음에도 나가지 않았다. 뇌졸중으로 인해 눈만 끔뻑끔뻑하고 있는 환자였고 몸은 굳은 지 오래였다. 그렇게 10년 가까이 병원생활을 했음에도 불구하고 보호자는 하루에 두 번 있는 면회시간에 단 한 번도 빠지지 않았다. 한번은 그런 생각도 들었다. '개인 사업을 하시는 건가? 직장을 안 다니시나?' 나중에 건너건너 들은 이야기에 의하면 환자의 병수발 때문에 직장도 그만뒀다고 했다. 처음엔 그런 보호자가 조금 이해되지 않았다. 10년이라는 꽤 오랜 시간 동안 치료를 받으면서 환자가 멀쩡히 일어나 일상생활을 할 수 있는 확률은 거의 없는데, 왜 자신의 삶을 다 내던지고 환자에게만 매달려 있을까?

그러다 문득 나의 어린 시절이 떠올랐다. 초등학교 1학년 때, 엄마가 임파선염 수술을 하게 되었고 합병증으로 인해 폐가 망가져서 체스트 튜브chest tube(흉부 배액관)를 여섯 개나 유지했다. 아빠가 엄마 병간호를 맡으면서 동생과 나에겐 신경써주지 못했고, 우리는 삼촌 집에 맡겨져 자랐다.

처음 엄마가 수술받은 곳은 종합병원이었는데, 수술 합병증이 심해지자 대학병원에서 치료해야 할 것 같다고 했다. 우리 동네엔 대학병원이 없어 차로 두 시간 거리의 대학병원에서 치료를 받게 되었다. 먼 곳에서 치료를 받다보니 한 달에 한 번 정도 겨우 엄마를 볼 수 있었다. 엄마를 기다리는 날들은 길어져만 갔고, 하루는 엄마와 통화하다가 보고 싶다며 대성통곡을 했다. 삼촌은 그런 내 모습이 마음에 걸렸는지 그주에 엄마를 보러 가자고 약속했다. 한 주가 가기를 기다리고 기다려 엄마를 보러 간 날, 하필 엄마가 병동에서 흉관삽입술을 받는 날이었다. 게다가 내가 방문한 시간이 딱 시술시간이었다. 자신의 아픈 모습을 보여주기 싫었던 엄마는 나에게 밖에 나가 있으라고 했고, 엄마가 아파서 울부짖는 소리가 밖에 새어나왔던 것을 지금도 잊을 수 없다. 시술이 끝나고 마약성 진통제를 맞고도 진통제를 더 달라고 했던 엄마의 모습이 아직도 내 마음 깊은 곳에 숨어 있다.

몸에 흉관의 흉터와 수술의 흔적들이 남았지만, 다행히 엄마는 어두운 터널을 잘 헤쳐나왔다.

그리고 엄마의 소중함을 잊어갈 때쯤, 중고등학교 시절 아빠가 위암 3~4기 진단을 받아 수술과 항암치료를 하게 되었다. 아빠는 자신이 치료받다가 죽을 수도 있다는 생각이 들었는지, 내게 '아빠가 없으면 네가 가장이야'라는 말을 반복하며 남은 가족을 부탁했다. 항상 내 옆에 있을 거라고 생각했고 모든 것을 다 해낼 수 있다고 믿었던 아빠가 무너지는 모습을 보는 게 너무 힘들었다. 어린 나는 그 모습을 회피했던 것 같다. 그래서 항암치료를 하던 아빠를 면회한 건 세 손가락 안에 꼽을 정도로 드물다.

아빠의 말처럼 내가 가족을 지키기 위해서 무엇을 할 수 있을까 고민했고 그때 내가 할 수 있는 건 공부밖에 없다고 생각했다. 평소 나는 뒤에서 3등을 할 정도로 공부를 못했다. 발등에 불이 떨어진 나는 좋지 않은 머리지만 공부에 집중하고자 했다. 하루에 세 시간 반 정도 자며 눈을 떠서 감을 때까지 어떻게 하면 성적을 올릴 수 있을까 생각했다. 공부랑 친하지 않았던 나는 주말에 독서실에 앉아 문제를 풀면서 밖에 나가 놀고 싶어 울었던 적도 많았다. 한편으로는 현실을 피하기 위해서 그랬던 것 같다는 생각도 든다. 뭔가 집중할 것이 필요했을 수도 있다.

항암치료를 끝내고 집에 온 아빠는 밥을 단 한 끼도 제대로 먹지 못했다. 한입 먹고 토하기 일쑤였고, 밥 한술 먹기가 힘드니 딸기, 토마토 등으로 허기를 채워보려고 했지만 그마저도 쉽지 않았다. 구토하러 화장실에 드나들기를 반복했고, 구토하는 모습을 보면 같이 토하는 엄마를 대신해 항상 내가 화장실을 따라 들어가 등을 두드려드렸다. 제대로 먹질 못하니 점점 살이 빠지고 뼈만 앙상해져갔다.

머리도 다 빠져 몇 가닥만 남게 되었고, 목욕탕 가는 것도 꺼려 집에서 때를 미는 아빠의 등을 내가 한 번씩 밀어드렸다. 먹고 싶은데 먹을 수 없고, 머리카락도 다 빠져 대머리가 되어가고, 뼈만 앙상히 남은 아픈 아빠가 안타까웠다. 또 아직 어리기만 한 내가 이런 일들을 겪어내야 한다는 것이 너무 야속하게만 느껴졌다.

이런 일들을 겪으며 했던 생각은, 다 필요 없고 아무것도 해주지 않아도 괜찮으니 그냥 내 옆에 있어주길 바란다는 것이었다. 내게 가족은 너무나도 소중했고 그 무엇과도 바꿀 수 없었다.

시간이 지나 아빠는 항암치료를 마친 후 추적조사follow up를 다니다가 마침내 완치 판정을 받았다.

이런 나의 어린 시절을 빗대어 생각해보니 그 보호자의 마음이 조금은 이해가 되었다. 뭔가를 해줘서, 좋아지는 것이 보여서 등의 그 어떤 이유가 아닌, 단지 내 옆에 있어주면 된다는 마음이지 않았을까? 숨을 쉬어주는 것만으로도 너무 감사하다고 생각했던 것이 아닐까? '직장이야 그만두고 다른 데서 일하면 되는데 그게 뭐가 그렇게 중요한 걸까'라고 생각하지 않았을까?

어쩌면 병수발 10년을 버티는 동안 환자가 자신의 인생의 전부이지 않았을까? 10년이라는 세월은 강산도 변했을 시간이다. 그 시간 동안 직장도 내던져버릴 만큼 그 보호자에게는 환자가 인생의 전부이자 살아가는 이유였을 거란 생각이 들었다.

적어도 어린 시절 난 그랬다. 아빠가 백수로 아무것도 하지 않아도 좋으니 옆에만 있어주면 좋겠다고 생각했다. 내 말을 들어주고, 내가 보고 싶을 때 볼 수 있고, 숨을 쉬어주는 것만으로도 감사했다. 그거면 됐다. 그거면 충분했다.

당신은 뭐 때문에 살아?

"라윤 샘, 지금 수술실에 있는 환자 정리해서 받아요."

우리 병동은 총 스무 개의 침대로 이루어져 있고, 병동에서 응급환자가 발생할 경우 추가로 한 명을 받아 스물한 개가 되기도 한다. 환자가 병동으로 가거나 사망하면 그 자리는 다른 환자를 받기 위해 빠르게 정리하고 새로운 환자를 받을 준비를 한다.

간호사는 근무할 때 팀으로 하는 경우도 있고, 높은 연차 선생님이 주치의 오더를 받아 아래 연차 선생님에게 일을 시키는 경우도 있다. 간호사들이 일하는 방식은 다양하지만, 우리 병원 중환자실은 'my patient'라고 해서 간호사 한 명당 환자 서너 명을 책임지고 맡아 환자에게 행해지는 처치를 처음부터 끝까지 담당하는 방식으로 일한다.

오늘도 출근하자마자 환자 한 명을 배정받았다. 외과 환자니 일단 수술하고 나올 가능성이 커 서둘러 수술 스케줄을 확인했다. '음, 수술하고 오는 환자네. 근데 산부인과랑 같이 수술하네?' 바로 의무기록을 열어보니, 난소 양쪽에 암이 생겼고 복막 쪽으로 전이 소견을 보여 외과와 산부인과가 같이 수술하게 된 환자였다. 수술 전에 어떤 검사들을 시행했는지 확인하고 수술이 끝나고 시행할 수도 있는 처치들에 대비해 하나씩 준비하기 시작했다. 수술 후 어떤 수액을 줄 건지 이미 주치의 오더가 있으니 바로 사용할 수 있도록 따로 가져다두고, 산소는 어떤 걸로 주게 될지 몰라 간단한 비강캐뉼라부터 시작해서 산소 마스크, 고유량 산소를 흘려보내는 벤튜리마스크venturi mask에 인공호흡기까지 확인해두었다. 그리고 환자의 수술시간이 얼마나 남았는지 체크한 후 내가 맡고 있는 환자들의 처치를 시행하고 있었다. 시간이 어느 정도 흘렀을까. 수술실에서 병동으로 한차례 전화가 왔다.

"외과 환자 ○○○님, 한 15분 정도 후에 ICU로 이동할게요. 엑스튜베이션extubation(기관내삽관하고 있는 카테터를 제거함)하고 셀프(혼자 숨쉴 수 있게) 살려서 나갈게요."

전화를 받자마자 환자가 중환자실로 나오기 전에 내가 바로 처치해야 할 것이 있는지, 추가적인 오더들이 있는지 마지막 점검을 시작했다. 15분이 정말 1분처럼 훅 지나가버렸는지 어느새 환자의 침대가 중환자실로 들어오고 있었다. "○○○님 어디로 가면 될까요?" 주치의와 마취과 의사가 환자가 누워 있는 침대를 밀고 들어오며 외쳤다. "선생님, 6번 자리로 가주세요"라고 말하며 환자에게 다가가니 머리도 짧고 얼굴도 까무잡잡해 남자처럼 보였다.

나도 모르게 순간적으로 "선생님, 이분 여기로 오는 거 맞죠? 성함이 뭐예요?"라는 질문을 했다. 고정관념이나 눈에 보이는 걸로만 판단하면 안 되지만 나뿐 아니라 같이 일하는 선생님들도 '남잔가?'라고 생각할 정도로 외양만 보면 남자 같았다. 내 질문에 주치의가 ○○○님 맞다고 대답하며 서둘러 6번 자리에 침대를 고정시켰다.

"○○○님, 눈떠보세요. 정신이 좀 드세요? 수술 다 하고 중환자실로 오셨어요"라고 알리며 의식을 사정査定했다. 조금 졸려했지만, 물어보는 말에 대답도 잘해주고 벌써 수술이 끝났냐고 묻기도 했다. 환자에게 베드사이드 모니터들을 달고 바이털 사인들을 확인했다. 수술 부위에 피가 나진 않는지, 배액관은 몇 개 달고 나왔는지, 배액을 양압으로 해서 빼는지 음압을 걸어 빼는지부터 L-튜브를 곰코 석션gomco suction(수술 후 혈액이나 분비물을 제거하거나 위장관 폐쇄 환자의 위 내용물을 제거하는 것)

할 것인지, 복대를 할 것인지, 산소는 마스크로 줄 것인지, 비강 캐뉼라로 줄 것인지 등까지 환자 상태를 점검하고 주치의에게 확인하며 정리하는 데 단 5분도 걸리지 않았다.

외부적으로 보이는 환자 상태를 대략 정리한 후 컴퓨터로 환자가 가지고 있는 아이템(배액관, L-튜브 등)들을 설정하고 정리를 시작했다. 어떻게 보면 간단한 작업일 수도 있지만, 혹시나 빠진 것은 없는지 의무기록을 열어 환자의 과거력부터 수술하기 전 진행했던 검사들, 수술기록 등을 다시 한번 쭉 훑어봐야 한다. 환자가 오기 전 정리했던 내용 중 내가 빠뜨린 것이 없는지 한번 더 점검하는 차원이며, 수술하고 와서 중환자실에서 했던 중요한 처치까지 정리하고 나면, 환자를 다 받은 셈이다.

여느 때와 같이 의무기록을 보던 중 이 환자가 왜 외적으로 남자처럼 하고 있었는지 조금은 이해할 수 있었다. 어떠한 사연으로 믿을 수 없는 일을 겪게 되었는지 감히 이야기할 수 없지만, 성폭력을 당해 아이를 지운 적이 있는 여성이었다.

두세 시간 정도 지나 환자는 마취에서 깨어났다. "○○○님, 정신이 조금 드세요? 수술 끝나고 중환자실에 오셨어요"라고 이야기하며 중환자실임을 지속적으로 알려줬다. "나 수술 다 했어요? 잠만 자고 일어난 것 같은데"라며 눈을 동그랗게 뜨고 나를 쳐다보는데 천진난만한 아이가 호기심을 못 참고 물어보는 표정 같았다.

"언니는 이름이 뭐야? 예쁘게 생겼네."

"오늘은 너무 힘들지? 장난 아닌 것처럼 보여. 어휴, 힘들겠어, 힘들어."

시간이 지나자 의식이 또렷이 돌아왔고 지나갈 때마다 이렇게 한마디씩 말을 걸어주곤 했다. 어느 날은 항생제를 주사하러 가서 약 들어간다고 설명하고 처치를 시행하는데, 문득 나에게 던진 말이 누군가에게 머리를 한 대 맞은 것 같은 느낌을 주었다.

"언니는 뭐 때문에 살아?"

그 질문에 순간 헉하며 행동도 멈추고 아무 말도 할 수 없었다.

난, 과연 뭐 때문에 살까?

아무리 생각해도 이 말에 대답할 수가 없었다. 그래서 나도 물어봤다. 뭐 때문에 사시느냐고. "아, 너무 어려운 질문이었구나. 언니, 미안해"라고 애교 섞인 말투로 대답했지만, 몇 날 며칠을 고민하게 하는 질문이었다. 그렇지만 지금까지도 난 이 질문에 확실한 대답을 하지 못했다.

언젠가 누군가 나에게 이런 질문을 했다. "넌 도대체 무엇 때문에 돈을 그렇게 열심히 버는데?"

"언니는 뭐 때문에 살아?"라는 질문을 받았을 때처럼 말문이 막혀 어버버할 뿐 대답할 수 없었다. 꿈이 없으니 주어진 상황에 맞닥뜨려 아무 생각 없이 살았던 것 같다. 당신은 어떤가? 한 번쯤 자신에게 질문해본 적 있는가? 아니면 누군가에게 질문해본 적이 있는가?

난 이 두 질문에 대한 답을 생각하면서 내가 어떻게 살아야 하는가, 내 인생에서 가장 소중한 것은 무엇인가에 대해 고민해 봤던 것 같다. 수도 없는 생각을 거쳐 그나마 근접한 대답을 찾았다. 가장 소중한 것을 지키고 싶어서였다. 나를 위해 고생해준 엄마, 나에게 모든 것을 양보해줬던 동생을 위해서 열심히 벌고 앞으로도 열심히 살아나가고자 한다.

중학생 때인가, 엄마 아빠 사이가 좋지 못했다. 언젠가 엄마가 나에게 그런 말을 한 적이 있다. 엄마가 먼저 나가서 돈 벌어둔 후에 데리러 오겠다고. 난 이렇게 대답했다. 내가 스무 살이 되어서 혼자 돈을 벌 수 있을 때까지 기다려달라고.

그 말에 엄마는 지금껏 내 옆에 든든히 있어준다. 스무 살이 되어서 대학교를 보내주고, 대학 시절을 거쳐 사회생활을 할 때까지 기다려준 엄마에게 감사해서 열심히 돈 벌고 꿈을 찾아가는 항해를 하는 중이다.

당신은 무엇 때문에 열심히 사는가?

내가 여기에 죽어 있는 거야, 살아 있는 거야?

예전에 봤던 환자 중 암 때문에 수술도 진행하고 방사선치료에 항암치료까지 했지만, 암이 기지개 펴듯 옆에 있는 장기와 척수까지 전이된 경우가 있었다. 척수에 전이되었으니 신경에도 전이되었다.

병동에서 치료받던 그분은 갑자기 열이 나고 혈압이 떨어져 패혈증 의심하에 중환자실로 전실되었다. 의식도 또렷하고 눈도 뜨고 있지만 암이 척수로 전이된 탓에 잘 보이지 않는 상태였다. 온 세상이 깜깜하고 어둡다고 했다. 앞이 보이지 않으니 눈을 최대한 크게 번쩍 뜨는 것을 반복했다. 중환자실에서는 네 시간마다 의식 사정을 하면서 불빛을 눈동자에 비춰 눈의 동공반사를 확인하는데, 불빛을 가까이하면 바로 눈을 꼭 감으며

획 피했다. 평소에는 잘 보이지 않다가 불빛을 비추면 한 번에 불빛이 많이 들어가는 탓이었다. 여기에 눈이 잘 보이지 않으니 식사 때는 흘리면서 먹기 일쑤였고, 누군가의 도움 없이는 제대로 먹지 못했다. 시간이 지나면서 불빛 때문에 또는 눈이 잘 보이지 않는 탓에 눈을 감고 지내는 시간이 많아졌다.

하루는 눈을 감고 주무시다가 갑자기 눈을 크게 뜨는 행위를 반복했다. 무언가 불편하거나 필요한 게 있나보다 싶어서 다가갔더니 갑자기 "내가 살아 있는 거야? 죽어 있는 거야?"라고 내게 물었다.

아무리 눈을 크게 떠도 깜깜하게만 느껴지니 여기가 어딘지 감이 오지 않는 듯했다. 그래서 나는 차근차근 하나씩 설명했다.

"살아 계시죠. 병동에 계시다가 중환자실 온 건 기억하시죠?"

"기억나. 근데 나 살아 있는 거 맞아?"

"네, 살아 계세요!"

"그럼 옆에 사람은 어디 갔어?"

"옆에 있는 사람이요? 누구 이야기하시는지 잘 모르겠는데……"

"아니, 병동에서 내 옆에 있었던 사람 있잖아. 그 사람은 어디 갔어?"

"중환자실로 올라오셔가지고, 그분은 제가 어떤 분인지 잘 모르겠어요."

"아니, 그럼 내가 꿈을 꾼 건가. 그 옆 사람이랑 나랑 손잡고 어디 가고 있었는데."

"병동에서 옆에 계셨던 분이 어떤 분인지 잘 모르겠어요."

"그럼 지금 벚꽃 폈어?"

"아직 안 폈더라구요. 아마 다음주쯤 필 것 같던데요."

"아휴, 우리 아들이랑 며느리랑 손주랑 벚꽃 보러 가기로 했는데, 빨리 퇴원해야겠네."

그렇게 대화를 마무리했지만, 그날 내내 자다가도 눈을 부릅뜨며 깨기를 반복했고 그때마다 "내가 죽어 있는 거야? 살아 있는 거야?"라고 물었다.

입에 튜브를 하고 있던 환자 중 유난히 '쩝쩝' 소리를 내던 환자가 있었다. 처음에는 자꾸 쩝쩝거리며 부르는 것에 너무 스트레스를 받았다. 한창 바쁠 때 계속 '쩝쩝쩝쩝'을 반복했고 막상 가보면 언제 자신이 불렀냐는 듯이 쳐다보니 정말 날 필요해서 부르는 건지, 아니면 날 시험하는 건지 헷갈렸다.

그는 졸려서 눈을 좀 붙이려다가도 마치 잠들면 안 될 것처럼 눈을 번쩍 뜨고 쩝쩝거리기를 반복했다. 매일 그 상황이 지속되었는데 어느 날 일하던 도중 문득 그런 생각이 들었다. 죽음의 문턱 앞에서 자신의 쩝쩝거리는 소리를 들으며 '살아 있음'

을 스스로 확인하고자 했던 것이 아닐까? "내가 죽어 있는 거야? 살아 있는 거야?"라고 되묻던 환자처럼.

난 일단 해보고 후회할래

솔직히 이야기하자면, 난 좀 게으르다. 심지어 해야 할 일을 잘 까먹기도 한다. 신규 시절 티끌 모아 태산이라고, 선생님들이 이거 도와달라 저거 도와달라 하는 것들에 기본적으로 해야 하는 일들까지 모이면 할일이 태산이었다.

그렇게 일하고 집에 돌아오면, 아무것도 하고 싶지 않았다. 해야만 하는데, 움직일 힘이 하나도 없었다. 그러다보니 할일들은 점점 산더미처럼 쌓여만 갔다. 그렇게 하루이틀 미루다보니 일을 다녀오면 한 게 하나도 없었다. 그러다 문득, 아무것도 하지 않는 나를 보면서 '더이상은 이렇게 살면 안 되겠다. 인생을 굉장히 허비하고 있구나'라는 생각이 들었다. 그뒤로 생긴 신념이 생각과 동시에 행동에 옮기는 것이다.

한창 월드컵 예선전을 하고 있을 때였다. 간이식 수술을 한 환자가 있어 역격리를 하고 있었다. 내가 본 간이식 환자 중에 가장 빨리 회복하고 있었다. 중환자실은 텔레비전도 없고 핸드폰도 가지고 있을 수 없기 때문에 하루종일 간호사와 이야기하는 거 말고는 할일이 따로 없었다. 그날은 중심정맥관을 오른쪽에서 왼쪽으로 바꾸는 시술을 하느라 오후시간을 보내고 나니 역시 할일이 없었다. 이런저런 대화를 나누다가 월드컵 이야기가 나왔다. 솔직히 난 축구에 관심이 별로 없어서 경기를 언제 했는지도, 이겼는지 졌는지도 잘 몰랐다.

"병원 들어오기 전에, 월드컵 하면 친구들이랑 치맥하며 보자고 했는데, 이번 월드컵엔 못 하겠네요"라고 환자가 말했다. 그제야 그날이 월드컵 축구 중계를 하는 날이라는 것을 알았고, 때마침 경기가 막 시작한 시간이었다. "치맥은 좀 어렵고, 월드컵이라도 보면 좋을 텐데!"라며 아쉬워하는 환자의 말에 불현듯 중환자실에 텔레비전은 없지만 인터넷으로 경기를 중계해준다면 볼 수 있을 것 같다는 생각이 들었다. "잠깐만요! 제가 보여드릴 수 있을 거 같아요, 월드컵!" 순간적인 아이디어에 신나 대답했다. 그리고 바로 컴퓨터로 인터넷창을 열었는데 기계치일 뿐 아니라 인터넷에서 라이브 방송을 한 번도 본 적이 없어 한참을 헤맸다.

중환자실의 분위기나 문화상 단 한 번도 내가 먼저 인터넷으로 환자에게 뭔가를 보여준 적이 없었다. 하지만 내가 저렇게 병실에 누워 세상과 단절된 상태로 누워 있다면 나는 도저히 가만있을 수 없다는 생각이 들어 바로 인터넷으로 월드컵 경기 라이브를 검색했다. 처음에는 보이는 라디오, 하이라이트 동영상만 나와서 좀 헤맸다. "라이브창을 제가 모르겠어요. 어떡하죠. 보여드리고 싶은데……" 결국 다른 사람들한테 물어물어 월드컵 중계 라이브를 보여주었다. 중환자실 컴퓨터라 소리는 나오지 않았지만, 그 환자는 너무 감사하다며 보는 게 어디냐고, 자신은 올해 월드컵 축구를 볼 수 있을 거란 생각도 못 했다고 했다. 그러면서 넌지시, 정말 봐도 되는 거냐며 자신은 꼭 보진 않아도 된다고 했다. 괜히 축구 보여주려다 혼날 내 걱정을 하면서. 그래서 난 대답했다.

"저는 하지 말라고 하면 더 해보고 싶은 청개구리라서 괜찮아요. 맘 편하게 보세요!"

물론 싫은 소리 들을까 조금은 걱정됐지만, 내 환자가 잠깐이라도 재밌게 본다면 그걸로 난 괜찮았다.

'쉬는 날에 무엇을 해야 할까'라는 고민을 한 적이 있다. 그러다 독서모임과 글쓰기를 접했다. '해보고 싶다, 나도 도전해보고 싶다'라는 생각이 듦과 동시에 바로 행동으로 옮겼다. 주변에서 "뭐가 잘나서? 도대체 뭘 쓸 건데?"라는 말도 들었지만, 지금의 근거 없는 자신감이 언젠가 나의 근거가 되지 않을까?

내가 즐겨보는 방송 중에 〈집사부일체〉라는 프로그램이 있다. 설민석 강사가 사부로 나오는 편에서 멤버들이 강의의 스킬에 대해 배우고 대학교를 찾아가 길거리 강의에 도전하는 과정이 그려졌다. 5분 정도 각자 자신이 하고 싶은 강의를 했는데, 그중 육성재씨가 한 말이 유달리 기억에 남았다.

"저는 근거 없는 자신감이 있습니다"라는 말로 강의는 시작되었다. 현재는 근거가 없는 자신감이지만, 미래에서 현재를 보았을 땐 근거 없는 자신감으로 시작한 것들이 미래의 근거가 된다는 말이었다. 이 말을 듣는 순간 머리를 무언가에 맞은 느낌이 들었다. 흔히 약간 비하하는 말로 "저 근거 없는 자신감은 뭐야?"라고들 하지만, 그 자신감으로 하나둘 일을 해내다보면 그 근거들이 차곡차곡 쌓여 미래의 나를 만들고, 꿈에 좀더 가까이 가게 해준다는 것이다. 지금부터라도 근거 없는 자신감을 가져보는 건 어떨까?

Right Now

앞서 언급한 〈집사부일체〉는 꼭 챙겨보는 건 아니지만, 내가 일단 보기 시작하면 그냥 지나치지 못하는 프로그램이다. 사부와 하루를 지내면서 가치관을 엿볼 수 있는 프로인데 한번은 차인표씨가 사부로 나왔다.

그의 일과표 중 가장 눈에 띄었던 건 'right now'라는 시간이었다. 참여하는 사람들도 도대체 무얼 하는 시간일까, 궁금해했다. 막상 'right now' 시간이 다가오자 차인표씨는 이승기씨에게 지금 가장 하고 싶은 일이 무엇이냐고 질문했다. 이승기씨는 군대를 다녀와서 바로 일을 시작하는 바람에 할머니를 한 번도 찾아뵙지 못해, 할머니를 뵈러 가고 싶다고 했다. 그랬더니 차인표씨는 "할머니가 어디에 계시죠?"라고 질문했고, 속초에 계신다는 답에 "가자!"라고 했다. 이게 바로 차인표씨가 말한 'right now'였다.

가장 하고 싶은 일들을 미루지 않는 것. 그렇게 그들은 촉박한 시간에도 불구하고 두세 시간 자고 일어나 속초로 향했고, 왕복 다섯 시간이 걸렸지만 짧은 시간이나마 할머니를 직접 만났다.

한번은 쉬는 날 침대에 누워 있는데 밤바다가 보고 싶었다. 깜깜하게 어두운 밤하늘과 몇 개의 별, 파도가 부서지는 소리가 그리웠다. 당장 가야겠다는 생각이 들었지만, 한편으로는 새벽 1시에 바다를 보러 두 시간이나 운전하는 것은 굉장히 위험하다는 생각이 들었고, 가서도 위험한 상황을 직면할까 무서워 주저했다. 하지만 바다에 가고 싶다는 생각에 잠들지 못했고, 다음날 병원에 복귀해서도 바다가 보고 싶다는 생각이 가시지 않았다. 무의식적으로 계속 "바다 보고 싶다"는 말을 되뇌었다.

열심히 일하고 다시 휴일이 돌아왔다. 다른 지방에 있는 친구가 얼굴 좀 보자며 내가 있는 곳까지 찾아왔다. 오랜만에 보는 친구와 한참 동안 이야기를 이어가다 무의식중에 바다에 놀러 가고 싶다는 말을 또 했다. 그러다 문득, 지금 가야겠다는 생각이 들어서 무작정 밤바다를 보러 친구와 함께 떠났다. 차도 렌트해야 했고, 사방이 깜깜한 상태에서 운전을 하려니 귀신이 나올 것만 같았다.

우여곡절 끝에 바다에 도착하니 생각보다 사람이 엄청 많았다. 야구장에 있을 법한 조명들이 켜져 있었으며 청춘 남녀들이 모래 위에 돗자리를 깔고 블루투스 스피커로 음악을 듣고 있었다. 바다 위에 떠 있는 별들 하며 파도가 부서지는 소리가 마음을 편하게 다독였다. 그 순간의 다독임을 놓치고 싶지 않아 동영상으로 촬영해둘 만큼 그 시간이 행복했다. 또 옆에 돗자리를 펴고 노래를 듣는 사람들을 보니 일하면서 어두워지고 시끄럽기만 했던 마음속이 즐거워지기 시작했다. 아마 대리만족이었을 거라 생각이 든다.

더욱더 놀라운 사실은, 도착한 시간이 새벽 3시였음에도 불구하고 바다 앞 가게들이 다 영업중이었다는 것이다. 야식으로 해물칼국수까지 뚝딱하고 나니 집에 가서 푹 잘 수 있을 것 같았다. 배도 부르겠다, 새벽이라 체력이 떨어질 때도 되어서 서둘러 바다를 떠나 집으로 향했지만 그 기억을, 그 기분을, 그 촉감과 그 바다냄새를 잊을 수 없다.

일을 하다보면 정말 예기치 않은 일들이 많이 발생한다. 젊은 사람들이 말도 안 되는 이유로 죽는 상황들을 많이 봐서인지, 죽음은 우리가 생각하는 것보다 더 가까이에 있는 것 같다는 생각을 한다. 늙거나 쇠하여서 죽는 게 보통 사람들이 생각하는 죽음이라면, 나에게 죽음의 이미지는 좀 다르다. 언제 죽을지 모르는 게 인생인 것 같다. 우리는 삶과 죽음 사이에서 그 경계를 배회하며 살아가는 것 같다. 어쩌면 죽어가는 사람이 살아나는 것만이 기적이 아니라 일상적이지만 지금 숨쉬는 시간도 하나의 기적이지 않을까? 이 기적 같은 순간들이 모여서 살아가는 게 바로 기적이 아닐까.

옆에 있어 준 사람들에게 당신이 기적이라고, 오늘도 감사하다고, 내 옆에 있어줘서 고맙다고 전해보는 건 어떨까. 조금은 쑥스럽더라도, 그대들 옆에 있어준 기적들에게 오늘도 함께해줘서 고맙다는 말을 전해보면 어떨까.

익숙함 속의 소중함

한동안 간이식 환자를 맡아 격리방에 들어갔다. 격리방에 들어가면 나도 격리되는 것 같다. 말할 사람이 환자밖에 없어서 그런지도 모르겠다. 한번은 간이식한 환자가 아빠뻘 되는 분이었는데, 평소엔 무뚝뚝하다가도 딸만 오면 표정이 밝아지면서 말이 많아졌다. "오늘은 왜 이렇게 학교 빨리 끝났어?" "밥 먹었어?" 등 많은 걸 물어보다가도, 아내가 "괜찮아?"라고 질문하면 대답하지 않았다. 오직 딸하고만 대화했다.

두 분의 금슬은 잘 모르지만, 그 예쁜 딸을 낳아준 것도 아내이고, 병상에 누워 있을 때 걱정돼서 제일 먼저 달려온 사람도 아내인데, 왜 그 소중함에 대해서는 생각하지 않을까 안타까웠다.

3교대를 하다보면 자는 시간이 너무 소중하다. 매일 자는 시간이 바뀌다보니 잠들기가 힘들다. 심할 땐 여섯 시간을 누워 있어도 한숨도 못 자고 출근한다. 한번은 자고 있는데, 휴대폰 진동이 느껴졌다. 엄마의 전화였다. 잠결에 전화를 받고 버럭 화를 냈다. 겨우 든 잠이 깨버려 순간적으로 화가 나서 "왜 전화했어?" "용건이 뭔데?" "내가 뭐 해야 하는 거 있으면 문자로 남겨줘"라고 짜증을 내며 건조하게 대답했다. 그러자 엄마는 "딸, 자는지 몰랐어. 깨워서 미안해. 일어나면 전화해"라며 서둘러 전화를 끊었다.

일어나서 생각해보니 내가 너무했다는 생각이 들었다. 평소 남들이 자는 시간에 생활하고 남들이 생활하는 시간에 자다보니 엄마에게 전화를 잘 하지 않게 되었다. 밤에 일이 끝나면 행여나 잠이 깰까 전화를 못 했고, 엄마도 나한테 전화하고 싶을 때 하지 못했다. 세상에서 제일 소중하고 나를 열심히 살게 하는 원동력인데, 그 관계에 물도 주지 않으면서 말로만 소중하다고 떠드는 것 같았다. 잠에서 깨자마자 서둘러 엄마에게 전화를 걸어 미안하다고 했다.

언젠가 엄마가 "딸, 너 근무표 좀 엄마한테 보내줘"라고 말한 적이 있다. 다 큰 어른인데 뭔가 사생활을 간섭받는 것 같아 "왜!"라고 하자 엄마는 시무룩해하며 대답했다.

"엄만 너 잘 때 전화 안 하려고 그런 거야. 너 사생활 간섭 안

해!”

엄마가 딸의 사생활에 좀 개입하면 또 어떤가. 항상 주변 사람들에게 잘해야겠다고 생각하지만, 정작 나랑 살을 맞대며 사는 가족에겐 그 누구보다 못된 사람인 것 같다. 말하지 않고도 알아주길 바라고, 심하게 말했다는 생각을 했다가도 사과 한 번 제대로 하지 않는다. 그냥 알아주겠거니 생각하며 얼렁뚱땅 넘어간다. 그런데 말하지 않으면 어떻게 알겠는가? 익숙함 속의 소중함이라는 말이 있다. 이 말의 의미는 누구라도 잘 알지 않을까? 그만큼 중요한 말이기에 자꾸 회자되는 것이라고 생각한다. 부디 나 자신이 일과 생활에 치여 익숙함 속의 소중함을 잃지 않기를 바란다.

우리는 ‘삶’과 ‘죽음’ 사이를 배회하면서 살아간다. 살아 있는 모든 순간이 기적이다. 그리고 당신 옆에서 매일 따뜻한 눈빛을 보내며 당신의 안위를 걱정하는 사람들 또한 기적이지 않을까. 매일 똑같은 얼굴에, 잔소리를 해도 잘 변하지 않는 나에게 질리지 않고 계속 곁에 있어주는 그들이 바로 나의 기적이지 않을까.

우리는 매일 비슷한 하루하루의 일과를 반복하면서 정작 내게 주어진 단 하루의 소중함을 모르고 살아간다. 그런데 당신이 신이 아닌 이상 당신에게 내일이 또 주어질 거라고 확신

할 수 있는가? 생과 사가 공존하는 곳에서 살아가다보니 그 누구보다 뼈저리게 느끼지만, 나 역시 사람인지라 무뎌지는 부분이다.

하물며 당신의 옆에 있는 그 사람은 가장 소중한 사람이 아닌가? 당신과 매일 같이 밥을 먹고 같이 자고 서로 하루의 일을 털어놓는 사람들. 왜 그들이 당신의 우선순위에서 밀려나야 하는지, 또 왜 그들이 계속 당신 옆을 지킬 거라고 확신하며 살아가는지 한 번은 생각해봤으면 좋겠다.

순간순간이 기적임을 잊지 말고 살아가기를 바란다. 매분 매초가 선물임을 잊지 말고 살아가기를.

매일 뜨는 해

힘겹게 하루하루를 넘기며 감정에 무뎌지던 어느 날이었다. 평소와 다를 것 없이 기계적으로, 기본적으로 해야 하는 일들을 진행하고 있었다. 그런데 한 선생님의 "응급실에서 NSOP Neuro Surgery OPeration(신경외과 수술)하고 나올 환자인데 준비해서 받아요"라는 말에 다른 환자들에게 기본적인 주사제제들을 서둘러 주고 오게 될 환자의 이름과 수술 스케줄을 확인했다.

수술이 언제 들어갔는지, 몇 시간 걸리는 수술인지, 언제쯤 나올 것 같은지 확인하고 오게 될 환자에 대해 정리를 시작했다. 나는 보통 이름 확인 후 나이, 주 진단명, 오게 된 이유, 응급실에서 시행한 검사와 처치들을 확인하는 순으로 정리한다.

이름 ○○○님, 나이 20대, 주 진단명 T-ICH Traumatic Intra-Cerebral Hemorrhage(외상성 뇌출혈). 여기까지는 '음, 그렇구나'였다. 의무기록을 열었다. 친구들과 축구하던 중 공이 높은 곳에 올라갔고, 그 공을 가지고 내려오는 과정에서 신발끈이 구조물에 걸려 2m가 넘는 높이에서 떨어진 것이었다. 게다가 신발끈이 계속 구조물에 걸려 있는 바람에 머리부터 떨어져 뇌출혈이 너무 많이 진행된 상태였다. 수술 들어가기 전부터 살 수 있다는 가망이 없었고, 수술을 해도 전혀 가망이 없다고 충분히 설명했음에도 불구하고 보호자는 실낱이라도 붙잡는 마음으로 수술을 진행해달라고 하여 수술방으로 들어간 것이었다.

너무 창창한 나이라 본인도 죽음에 대해 생각도 준비도 해본 적 없었을 것이며, 보호자도 마찬가지일 것이다. 지푸라기라도 잡고 싶은 심정이었을 것 같다. 그 지푸라기가 곧 끊어진다 해도 희망을 놓고 싶지 않았을 것이라 미루어 짐작했다.

오랜 수술 끝에 주치의가 환자의 침대를 밀고 중환자실로 들어왔다. 자리로 가기 전까지 환자를 머리부터 발끝까지 쓱 살폈다. 달고 나온 약물부터 평소에는 이렇게까지 사용하지 않던 것들이었다. 승압제, 강심제와 더불어 CPR 시 사용하는 약물까지 달고 나올 정도면 모든 힘을 다해 이 사람의 손가락 아니 발가락 하나를 잡고 있는 것이었다.

머리말에 있는 베드사이드 모니터를 적용하고 바이털 사인을 빠르게 확인하며 가지고 있는 약물들을 사용하기 편하게 정리했다. 여러 명의 간호사들이 붙어 수술 후 오더들을 시행해, 피검사, 수액 공급을 빠르게 진행했다. 중환자실에선 환자의 상태에 따라 동맥라인 모니터를 하기도 하는데, 이 환자의 경우도 중요 약물들을 많이 사용하고 있기에 침대 위 모니터에 연결해서 실시간으로 확인하기로 했다. 고농도의 약물들이 들어가고 있음에도 불구하고 혈압이나 심박동수는 널뛰기를 하고 있었다.

아들이 병원에 누워 있는 것만 해도 충격적일 부모님이 더 속상해하거나 놀라지 않게 옷매무새를 한번 더 다듬은 후 보호자 면회를 시작했다. 어머니의 눈엔 초점이 없었다. '이건 사실이 아닐 거야' 하는 듯한 눈빛이었다. 침대에 누워 있는 아들을 보자 쉴새없이 눈물을 흘렸다. 아버지 또한 눈이 빨개졌고 눈물이 한 방울씩 떨어지기 시작했다. 억제된 듯한 눈물이 내 마음을 더 어지럽게 했다. 차라리 소리내어 펑펑 울었더라면 내 마음이 조금은 덜 아팠을까.

면회에 이어 부모님과 간호정보조사를 시작했다. 보호자에겐 너무 청천벽력 같은 상황이었을 것이다. 간호정보조사를 하던 도중 어머니는 흐느끼면서 "공 차고 온다고 했는데……"라며 말끝을 잇지 못했다.

군대를 제대한 지 얼마 되지 않아 오랜만에 친구들과 공을 차러 나갔다고 했다. 잠깐 몇 시간 공 차고 오겠다던 아들에게 이런 일이 생길 거라고 생각도 못 했을 것이다. 보호자와 면회하는 동안에도 바이털 사인이 계속 흔들렸다. 모든 약을 고용량으로 쓰고 있는 터라 더이상 증량하는 것도 무리로 보였다. 면회는 종료했지만, 가족들은 혹여나 의식이 돌아올까, 혹여나 그가 가던 길을 돌아올까 몇 시간을 앉지 못하고 서성거리며 중환자실 앞을 떠나지 못했다. 가족들의 희망과는 반비례로 그는 전혀 가망이 없는 상태로 가고 있었다.

몇 시간을 겨우겨우 버텨 면회시간이 되었다. 생명을 유지시키기 어려운 상태였지만, 주변 사람들과 마지막 인사는 할 수 있게 하기 위해 약을 증량 또 증량했다. 면회가 시작되자 그의 여자친구가 달려들어왔다. 딱 봐도 정신없이 뛰어나온 것이 눈에 보였다. 대성통곡하다가 다리에 힘이 풀렸는지 주저앉아버렸다. 소식을 듣고 온 친구들은 이게 무슨 황당한 상황이냐며 믿지 못하는 얼굴로 면회를 했다.

면회가 마무리되고 한창 일을 하던 중이었다. 누군가 중환자실의 벨을 눌러 나가보니 부모님과 군복을 입은 사람이 서 있었다. 군인인 환자의 동생이 형의 사고 소식을 듣고 왔는데 면회시간을 맞추지 못했다며 한 번만 면회하게 해줄 수 있냐고 물었다. 환자의 상태가 너무 아슬아슬하게 유지되고 있었기에 면회를 시작했다. 정적만 흐르는 곳에 혼자만 들어와서일까. 동생도 소리 한번 내지 못한 채 주먹을 꽉 쥐고 눈물을 참았다. 한참 동안 같은 자리에 서서 형의 얼굴을 쳐다보기만 하다 중환자실을 나갔다.

의료진이 할 수 있는 일은 보호자가 조금이라도 받아들일 수 있게 시간을 벌어주는 것뿐, 다른 해줄 수 있는 것이 없었다. 하루나 이틀 정도 시간을 벌었을까. 그는 더이상 힘이 없다는 신호를 우리에게 계속 보내고 있었다. 약물을 최대치로 쓰고 있던 우리는 보호자에게 더이상 시간이 없다고 재차 설명했다. 보호자는 그 상황을 받아들일 수 없어도 받아들여야만 했다.

이윽고 마지막 시간이 다가왔고 그를 떠나보냈다. 마지막에 그의 동생은 소리 없이 울며 형을 말없이 끌어안았다.

평소와 다를 것 없이 출근해 물품을 세면서 중환자실을 한 바퀴 돌았다. 젊은 여자가 의식이 없는 채 누워 있었고 그녀에게 부착되어 있는 기계들은 알림음과 경고등으로 연신 그녀의 생명이 위험함을 알리고 있었다. 특이한 과거력이 없었던 그녀는 술을 먹다가 싸움이 벌어졌고 그 자리에서 갑자기 쓰러졌다고 했다. 근무가 시작된 지 얼마 되지 않아 기계들은 그녀의 곁에 죽음이 가까이 왔음을 연신 알려왔다. 곧 심폐소생술이 시작되었다. 반복되는 심폐소생술에도 결국 그녀의 곁에서 죽음을 떼어놓지 못했다. 병원에 온 지 24시간도 되지 않았다. 보호자들은 죽음을 준비할 시간조차 없었다. 사망선고를 하자 어머니는 딸을 끌어안고 오열하며 놓지 못했다.

"엄마 너 없이 어떻게 하라고 그래, 응? 눈떠. 엄마 너 못 보내줘. 아직 가지 마. 엄마 아직 안 돼, 제발……"

영안실로 가기 위한 침대가 올라와 그녀를 옮기려고 하자 엄마는 "안 돼, 안 돼, 엄마는 너 못 보내, 못 보내겠어"라고 반복했고 시간이 계속 지나도 딸을 놓지 못했다. 보다못한 남동생이 엄마를 말리며 떼어놓자 엄마는 안간힘을 쓰면서 "마지막으로 한 번만 보고, 한 번만 볼게, 한 번만……"이라며 오열했다. 남동생도 엄마와 누나를 안고 쉽사리 놓지 못했고, 결국 엄마가 쓰러지고 나서야 그녀는 영안실로 내려갔다.

누가 그렇게 젊은 나이에 생을 마감할 거라고 예상했을까? 그와 그녀를 떠나보내면서 그런 생각이 들었다. 아직 죽음이 저 멀리 있어 보이는 아이도 청춘도, 아무런 잘못도 과거력도 없이 갑자기 죽음을 맞이하는데 난 참 안일하게 살고 있었다. 그저 하루하루 별생각 없이.

인생은 B(Birth, 탄생)와 D(Death, 죽음) 사이의 C(Choice, 선택)라는 사르트르의 말처럼 탄생과 죽음은 매우 가깝다. 단지 그 사이에서 선택하며 살아갈 뿐. 만약 오늘이 마지막이라면 당신은 어떻게 보내고 싶은가? 매일 뜨는 해처럼 내일이 반복되지 않고 오늘 하루가 당신의 인생에서 정말 마지막이라면, 그 하루는, 오늘은 소중하고 절실할 것이다. 인생에서 선택하는 것도 달라지리라 생각한다. 후회하지 않는 오늘이 되길 바란다. 죽기 전에 '그거 해볼 걸 그랬어'라고 후회하지 않길 바란다.

매일 오늘이 마지막인 것처럼 하루를 살아가기를.

지금까지 그렇게 해왔어

우리에게 가장 치명적인 말은
'지금까지 항상 그렇게 해왔어'이다.
_그레이스 호퍼

채용비리, 부정입학. 요즘 뉴스에서 심심찮게 볼 수 있는 이슈다. 최근 뉴스를 보면서 우리나라도 참 많이 변하고 있다는 생각이 들었다. 정식으로 채용공고를 내지 않고 지인을 채용한다든가, 채용공고를 냈으나 실은 내정자가 있다든가 하는 일들이 흔히 있었지만 쉬쉬하던 분위기였는데, 이제는 이러한 일들이 문제라는 것을 인식하고 해결하고자 하는 노력들이 새롭고 신기하게 느껴졌다.

이렇게 시대가 변하고 있음에도 불구하고, 간호사들은 여전히 1900년대에 살고 있는 것처럼 느껴질 때가 있다. 많은 간호사들이 지금까지 간호사를 전문적이고 독립적인 직업으로 바꾸기 위해 '간호원'에서 '간호사'라고 명칭을 변경했고, 간호대학들도 형평성을 맞추기 위해 전문대를 전부 4년제로 변경했다. 학교에서도 자립적으로 무언가를 하라고 가르치며 '거꾸로 수업' 등 여러 방법들을 시도하는 중이다. 그런데 임상에 첫발을 내딛었을 때, 현장 사람들이 문제를 인식하지 못하고, 지금까지 그렇게 해온 것을 당연히 여기고, 변화에 대해 '이상하다'고 불평불만만 늘어놓는 모습을 보면서 '아…… 임상은 쉽게 변하지 않겠구나'라고 생각했다.

즐거워야 할 명절에 어느 큰 병원 간호사가 자살한 사건이 있었다. 당연히 간호와 관련된 일이기에 주변에서도 많이 물어봤고, 많은 이야기들이 오갔다. 간호사의 업무조건이 힘들기도 하지만, 태움 때문에 힘들었을 거라는 글을 남자친구가 SNS에 올리면서 화제가 된 사건이다. 이 사건에 대해 누군가는 이렇게 말했다.

"그래도 위에 연차들은 밑에 연차를 태워야 해. 태워야만 성장하니깐."

이 글을 읽고 있는 사람들에게 한번 물어보고 싶다. 꼭 태워야만 성장한다고 생각하는지. 다들 성인이니 한두 마디만 해도 자신의 잘못을 인지할 나이가 되었음에도, 꼭 그렇게 인격적으로 자존심을 상하게 해야 말을 알아들을까?

중환자실에서는 일이 너무 힘들다며 그만두는 간호사들이

많다. 언젠가 같이 일하는 동료가 너무 힘들다며 수선생님과 상담한 적이 있다. 정말 죽을 만큼 힘드니 상담을 청했을 것이다.

그런데 상담한 사실에 대해 소문이 퍼졌고, 누군가는 "옛날에는 더했어. 요즘에는 그래도 편해진 거야"라고 말했다. '그 말이 뭐 어때서? 윗사람이 할 수도 있는 말 아닌가?'라고 생각할 수도 있지만, 세상과 사회는 변해가고 있다. 거기서 살아가는 우리들의 인식도 변해가고 있다.

옛날에는 '고객이 왕이다'라는 마인드 때문에 백화점 직원, 콜센터 직원 등 서비스직 종사자에게 손님이 욕설을 해도 문제되지 않았지만, 이제는 일하는 사람들도 인격을 존중받아야 하는 동등한 입장이라는 것에 대한 공감대가 형성되어 욕설하는 고객이 있다면 충분한 경고를 취한 후 대응할 수 있도록 법이 만들어지고 있다.

이러한 사회의 움직임에도 옛날을 운운하면서 "옛날에는 더했어"라고 말하며 현재를 살아가는 사람들에게 구시대의 악습을 강요하는 것은 조금은 이기적이라는 생각이 든다. 옛날에도 문제라고 인식되었던 것들이고 이제야 비로소 조금씩 변해가고 있는데, 또 자신도 현재 문제점들에 대해 불평불만을 늘어놓으면서, 변화는 무조건 안 좋게만 받아들이는 게 참 아이러니하다.

지금까지는 그렇게 살았더라도, 앞으로는 변화에 발맞춰 개

선해나가보면 안 될까? 다들 그런 역량과 바람은 충분히 갖고 있다고 생각한다. 조금은 예민하게 문제인식을 해서 간호사가 일하기 좋은 환경이 만들어졌으면 한다.

또 이해되지 않는 것 중 하나는 아직까지도 의사와 간호사 사이에 상하관계가 존재하다보니 간호사가 의견을 내는 데 대해 호의적인 분위기가 조성되지 않는다는 점이다. 중환자실에는 주로 중증도가 높은 환자들이 많기 때문에 간호사가 전화상으로 주치의에게 보고하고 응급상황 시에는 구두로 처방받아 처치를 시행한다.

응급약물을 사용하는 경우가 많고, 환자가 참을 수 없는 고통을 호소할 때 마약성 진통제를 사용하기도 한다. 그렇기에 병동에서는 중요한 약물들을 늘 카운트한다. 또 병동 내에 비상약을 비치해두기 때문에 구두 처방을 먼저 받는 경우 처치를 시행한 후 24시간 이내에 주치의의 오더를 받아야 한다.

하루는 환자의 상태가 좋지 않아 주치의에게 보고했고, 주치의는 약물 몇 앰플을 사이드로 주라고 했다. 혹시나 내가 잘못 들었을 수도 있고, 한번 더 확인하는 것이 절차이기에 주치의에게 한번 더 질문했다. "선생님, ○○○님 약물 △앰플 주는 거 맞죠?" 그러자 갑자기 주치의는 "△앰플 주라고요! 제대로 못 들었어요?"라며 버럭 화를 냈다. "혹시 몰라서 한번 더 확인했어요.

오더 내주세요." 그렇게 전화를 끊었고, 주치의가 24시간 내에 오더를 내줘야 하는데 시간이 가도 내주지 않았다. 지속적으로 연락해 오더를 내달라고 하니 짜증내며 전화를 끊기 일쑤였다.

한번은 다른 병원의 동기와 만나서 이야기를 나누었다. 주치의가 사용한 약물에 대한 오더를 내주지 않아 동기가 독촉하자 "그 정도는 알아서 할 수 있지 않나?"라는 말을 들은 적이 있다고 한다. 오더를 내는 것이 과연 간호사의 일인가? 처치하고 환자 돌보기에도 바쁜데, 하루 일과가 끝났음에도 불구하고 주치의가 오더를 내주지 않아 결국 의사 창을 켜서 직접 오더를 냈다고 한다.

의사가 처방을 내는 것이 당연한데, 바쁘다는 이유로 구두 처방한 후에 사용한 약물에 대한 처방을 넣지 않아 간호사들이 직접 하게 되는 경우가 많았다. 문제라는 것을 인식하고 지속적으로 위 연차 선생님들에게 이야기했지만, 변하지 않았다. 지금까지 이렇게 해왔으니 변하지 않는 거다. 문제인데, 문제라 인식하지 않는 거다.

이 문제는 결국 뉴스에 나오게 됐고 이슈화되면서 의식이 바뀌어 변해가는 중이다. 그렇지만 아직 바뀌어야 할 것들이 많다고 생각한다. '지금까지 그렇게 해온 것들'에 문제가 제기되면,

‘지금까지 그렇게 해왔다’며 문제를 덮으려고만 하지 말고, 더 큰 문제가 생기기 전에 자발적으로 바뀌나갔으면 좋겠다.

소수

"너 그렇게 사회생활하면 안 돼."

도대체 사회생활을 잘한다는 건 무엇일까? 사바사바 아부를 잘하는 것? 시키는 일을 곧이곧대로 하는 것? 아니면 속으로는 욕할지언정 앞에서는 가면을 쓰는 것? 당신이 생각하는 '사회생활을 잘한다'의 기준은 무엇인가? 그 기준은 누가 만들어놓은 것인가?

그렇다. 솔직히 누군가의 기준에서 보면, 난 참 사회생활을 더럽게 못하는 아이이다. 싫은 건 얼굴에 티가 난다. 안 내고 싶어도 티가 다 난다. 그렇게 보이느니 차라리 내 감정표현을 솔직하게 한다. 물론 뒤탈이 없을 리가 없다. 만약 선배 A에게 하고 싶은 말을 한다면 나와 직접적으로 문제를 겪지 않은 나머지 간호사들도 나를 태우기 시작한다. 음, 그냥저냥 넘어갈 수도 있는 일들을 절대 안 넘어간다고 해야 할까. 사소한 것 하나하나 지적받게 된다. 그러다보면 내가 하는 모든 일에 대한 자신감이 떨어진다는 부작용이 생긴다. '모든 사람이 나를 싫어하는구나'라고 느껴질 때도 있다. 그렇지만 어찌하겠는가. 내가 벌인 일들은 내가 책임지는 수밖에. 지적받으면 더 성장할 수 있는 기회라고 생각하며 일했다. 그냥저냥 넘어갈 수 있는 일들을 한번 지적받음으로써, 실수를 고치게 되고 답을 더 찾아보게 되고 어떻게 하면 일을 더 잘할 수 있는지 생각이라는 것을 해보게 되기 마련이다.

성격이 이렇다보니 직장에서 무리에 속하는 것이 조금 어려웠다. 모이면 누군가의 욕을 하는 것이 너무 불편했다. 모두 신규 시절이 있었고, 다들 처음부터 일을 잘했던 것은 아니다. 그럼에도 불구하고 자신이 언제 그런 적이 있었냐는 듯이 누군가의 실수들을 도마 위에 올리고 난도질한다. 과연 그렇게 욕하는 사람들이 실수 하나 없이 일을 잘해내느냐? 글쎄, 당연히 경력이 적은 간호사들보다는 잘한다. 그래도 실수는 한다. 세상엔 완벽한 사람은 없는데 왜 자신의 티는 생각하지 못하고 누군가를 헐뜯는 분위기를 조장해서 버티기 어려운 곳으로 만드는지 모르겠다. 공감하지 못하니 어울리는 것도 어렵다. 솔직히 아무 말도 안 하고 일만 하는 게 편할 때도 있다. 그러다보니 시간이

가면 갈수록 말 한마디 하지 않고 일하는 날들이 생기곤 했다.

하루는 딱 한 명 남은 동기와 야식을 먹으며 앞으로 살아가야 하는 방향과 꿈에 대해서 이야기했다. 같이 근무하기에 당연히 병원 이야기가 빠질 수 없었다. 다행히도 동기와는 많은 이야기를 나누고, 그러다보니 영향을 많이 받는다. 그러나 동기와 나는 성향이 조금 다르다. 생각하는 것도 다르고 판단하는 관점이 다를 때도 많다. 처음에는 이런 부분들이 조금 불편하게 느껴졌다. 아무래도 공감이 되지 않았다. 서로 생각이 달라서였을 거라 생각한다. 시간이 지나면서 동기가 딱 우리 둘만 남기도 했고, 관점이 다른 부분에 대해서 말하다보면 흥미로운 점도 많아서 지금은 그녀가 확실히 좋은 자극제가 되어주곤 한다.

그날도 동기랑 고기를 먹으며 도란도란 대화하다가 힘든 부분에 대한 이야기가 나왔다. 하고 싶은 말을 다 하면서 미움을 받는 나와 하고 싶은 말은 참고 오히려 자신에게서 문제를 찾는 동기 중 동기의 방식이 참 현명하다는 생각이 들었다. 신규 시절이 지나면 힘든 것도 어느 정도 지나가리라 생각했다. 물론 조금 수월해진 것은 사실이지만 여전히 인간관계가 참 어려웠다. 시간이 지나 사고방식이나 가치관이 조금씩 변하면서 '내가 사회생활을 진짜 못하는 건가?'라는 생각도 들었다. 남들이 말하는 '사회생활 잘하는 사람'. 일률적으로 그렇게만 사회생활을 해야 하는 건지 고민을 털어놓다가 동기가 해준 말이 참 힘이 되었다.

"그 사람(들)도 소수야."

처음엔 이 말을 이해하지 못했다. 동기랑 야식을 맛있게 먹고 집에 와서 가만히 누웠는데 이 말이 머릿속에 계속 맴돌았다. 무리 속에 어울리지 못하니 편하면서도 불편할 때가 종종 있었다. 그 무리에 어울리지 못해서 내가 '소수'처럼 느껴지지만, 실은 그들이 불편해서 떠난 수많은 사람들을 생각해보면 그들이 '소수'라는 말이었다. 관점을 어디에 두느냐의 차이였다.

그후로 일하는 상황은 똑같지만 나의 마음은 달라졌다. 더 자유로워졌다. 당신도 힘이 들고 내가 문제인 거 같다는 생각이 들 때면 이 말을 한 번씩 떠올려봤으면 좋겠다.

"그들도 소수야."

간격

간호사는 휴일과 출퇴근의 경계가 명확히 정해지지 않은 채 누군가를 지켜내기 바쁜 직업이다. 명절에도 제대로 쉬어본 적이 없다. 그래도 그냥 지나가기엔 아쉬워 할머니, 할아버지를 볼 날이 얼마나 남았나 싶어 근무표를 다시 한번 확인했다. 명절의 마지막날 나이트 근무가 끝나고 이틀의 오프가 있었다. 힘든 나이트 근무를 마친 후 집에서 잠을 조금 청한 후 일어나 차를 몰고 할머니집으로 향했다. 할머니집에 밤늦게 도착할까 마음이 급했다.

막 고속도로에 들어섰는데 피곤이 풀리지 않았는지 하품이 연이어 쏟아져나왔다. 처음엔 빨리 도착해야겠다는 생각에 평소보단 속도를 조금 더 냈다. 앞차의 뒤꽁무니를 따라가기 바빴다. 앞차만 보며 집중하다보니 어느 휴게소를 지나가는지, 풍경은 어떤지, 노을이 지는지 등 주변이 하나도 보이지 않았다. 한참을 빨리 가는 것에만 집중하다가 시간이 얼마나 단축되었을까 싶어 내비게이션의 도착 예정시간을 확인했다.

'응? 이게 뭐지? 속도를 평소보다 더 냈는데 3~5분밖에 단축되지 않았네. 안 되겠다. 커피라도 한잔 마시고 가야겠다'라고 생각하며 휴게소를 찾아 들어갔다. 주차 후 커피 한잔을 마시며 주변을 돌아봤다. 그러면서 잠이 깨기 시작했고 다시 할머니 집으로 향했다.

이번에는 빨리 달리기보다는 내 속도에 맞게 천천히 가면서 앞차와 간격을 두었다. 차간 거리를 유지하는 것은 큰 사고를 예방하고, 또 자신만의 속도를 유지하게 만들어 다른 모습들을 보게 한다. 노을이 지는 것도 보고 주변 풍경도 보고 노래를 듣다가 따라 부르기도 하니 기분이 한층 더 산뜻해졌다. 힐링되는 기분이었다고 할까. 빠르게 갈 때는 지금 속도보다 더 빨리 가야 하니 신경이 예민했다. 그런데 빨리 가봐야 몇 분밖에 차이가 나지 않는다는 것을 알고 나서 내 속도에 맞게 천천히 가게 됐고 좋아하는 것들을 즐기기 시작했다. 그러자 마음에 여유가 생겼고 갑자기 모든 것에 감사하게 되었다. 이 적당한 타이밍에 노을을 볼 수 있음에, 쉬는 날에 할머니를 보러 갈 수 있음에, 내가 아프지 않고 다치지 않고 일할 수 있음에.

하루는 강연회를 찾았다. 의자가 다닥다닥 붙어 있었고 앞자리에 앉는 것이 부담스러워 중간 뒤쪽에 자리를 잡은 뒤 시작하기를 기다렸다. 하나둘 자리가 채워지며 강연이 시작되기 직전, 누군가 내 바로 앞자리에 앉았다. 그런데 의자가 딱 붙어 있다보니 앞이 가려져 하나도 보이지 않았다. 정말 하나도. 대형스크린이 있었음에도 불구하고 앞사람에 가려져 그마저도 보이지 않았다. 결국 강연 내내 난 목소리만 들었다. 만약 어느 정도 간격이 유지되었더라면 대형스크린이라도 볼 수 있지 않았을까 하는 아쉬움이 남았다.

이렇게 사람과 사람 사이의 간격이 중요하듯 일상생활을 하다보면 간격의 중요성을 절실히 느낄 때가 있다. 가족이라고 해도 나와 똑같지 않듯이 간격을 두고 서로의 차이점을 인정해야 할 때가 있다. 나의 모든 것을 다 보여줄 수 있는 친구라고 해서 나의 모든 것을 다 받아내야만 하는 건 아니다. 너와 나 사이에 간격을 두는 것이 평생 함께할 수 있는 길이다.

나와 나 사이는 어떤가? 나는 나와 나 사이에 간격을 두고 바라보았을 때, 진정 나에 대해서 알고 생각해보는 시간을 가질 수 있었다. 내가 무엇을 좋아하는지, 무엇을 하고 싶은지, 난 어떨 때 행복한지, 어떤 사람이 되고 싶은지, 또 어떠한 상황에서 힘이 들고 눈물이 나는지.

누구나 다 행복해지고 싶어한다. 나 또한 행복에 대해 고민했다. 좋은 직장에 다니면 행복해지겠지, 돈을 많이 벌면 행복해지겠지 등 많은 생각을 했지만, 막상 원하는 것을 이루고 나니 오히려 빈털터리 같았다. 하나도 행복하지 않았고, 오히려 예민해져서 짜증만 냈다. 이유가 무엇인지 고민을 시작하면서부터 나와 간격을 두고 스스로를 살펴보기 시작했다. '난 어떨 때 행복했는가?'라는 질문에는 실은 거창한 대답이 필요하지 않았다. 원하는 것을 먹고 원하는 것을 살 때, 가족과 과일을 먹으며 TV를 볼 때 큰 행복감을 느꼈다. 그리고 '난 무엇을 원하는가?'라는 질문 앞에서는 현실에 안주하기보다 열심히 고민하고 노력해 얻는 성취감을 느끼고 싶다고 생각했다. 그렇게 스스로에게 묻고 스스로에게 답을 해나가고 있는 요즘 '이런 게 행복이구나' 생각한다. 길을 가다가도 살랑살랑 부는 바람에 감사하다. 이런 바람을 느낄 수 있다는 것이.

스스로에게 간격을 두고 바라봤을 때 놀랐던 것은 '저 사람처럼은 안 돼야지. 저건 안 배워야지'라고 생각했던 사람을 실은 미워하고 있었다는 점이었다. 그저 '닮지 말아야지' 하고 생각만 하는 게 아니라 열심히도 미워하고 있었다. 어쩌면 나에게도 그런 사람들의 모습이 숨어 있는데 인정하기 싫었을지도 모른다. 그러나 저 사람에게도 그럴 만한 이유와 사정이 있을 것이고, 이 험난한 세상을 살아가다보니 자기만의 생존법을 터득한 것일 수도 있다는 생각이 들자, 나의 미움은 작아졌다. 여전히 '닮지 말아야지'라고 생각하지만, 미워하는 게 아니라 도리어 인정해야 한다는 것을 깨달았다.

나와 나 사이에 간격을 유지하면서 스스로 다독거려주길 바란다. 자신을 잘 파악하고 자신의 상태에 대해 궁금해하고 자신에게 안부를 묻는 것이 중요하다. 때로는 제3자의 입장에서 보는 것처럼, 자신에게 중요한 것들이 무엇인지, 앞으로 어떻게 살아가고 싶은지에 대해서 스스로 질문하며 알아가길 바란다. 그리고 감추기만 하고 보려 하지 않았던 자신의 아픔들과 함께해보기도 하면서 나 자신과 맺는 관계의 온도가 더 올라가길 바란다.

가장 많은 시간을 갖기 위해 오늘도 달립니다

가장 바쁜 사람이 가장 많은 시간을 가진다.
알렉산드리아 피네

"뛰어다니느라 정신이 없네. 많이 힘들지?"

뛰어다니는 나를 보며 내 환자였던 할머니가 해준 말이다.

하루 24시간을 어떻게 사용하느냐에 따라 미래가 달라진다는 말이 있다. 무언가에 집중하다보면 두 시간이 1분처럼 느껴지기도 하고, 뭔가 간절하다보면 1분이 2시간처럼 느껴지기도 한다. 내가 너무 고통스럽게 아프면 1분이 2시간처럼 느껴지지 않을까? 그렇기에 죽음에 가까이 가고 있거나 아픔 때문에 힘들어하는 사람들을 위해 오늘도 나는 뛰어다닌다.

중환자실에서는 환자에게 심정지 상황이 오면 바로 심폐소생술을 시행한다. 한 사람이 흉부 압박을 시작하며 한 사람은 기관내삽관 준비를 하고, 한 사람은 코드블루 방송을 하고 주치의에게 전화로 보고한다. 의사들이 오면 구두 처방하에 에피네프린epinephrine을 3분마다 주사한다. 이 모든 처치가 거의 1분 안에 일어난다. 꺼져가는 생명을 다시 살려내기 위해 1분을 몇 배로 늘려 사용하는 것이다.

여기에 중환자실 간호사는 의식이 온전하지 못하거나 뇌출혈 등 다른 이유들로 인해 움직이지 못하는 사람들의 손과 발이 되어주어야 한다. 밥을 혼자 떠먹지 못하는 사람들에게는 밥 한 숟가락, 반찬, 국까지 하나하나 입으로 넣어주어야 하고, 달고 있는 기계들이 많아 침대 밑으로 내려오지 못하니 물 한 모금마저도 떠다주어야 한다.

하루는 의식은 온전하나 손을 움직이기 힘든 할아버지의 식사를 도와드리고 있었다. "할아버지, 입을 크게 아~ 해야지 밥을 넣어드리죠"라고 이야기하며 숟가락에 밥과 반찬들을 한가득 올려 입으로 넣어드렸다. 할아버지가 오물오물 씹는 동안 나는 숟가락에 다음번 들어갈 반찬과 밥을 올려둔 후, 그동안 일처리를 제대로 했는지 되돌아보며 확인하고 있었다.

"나 물 좀 줘. 입이 너무 타. 이번엔 차가운 물 말고 따뜻한 물 줘"라는 옆자리 할머니의 말에 "잠시만요" 하고 할아버지의 오물거리는 입을 확인했다. 어느 정도 다 먹은 듯한 할아버지의 입에 한 숟가락을 넣어드리고 서둘러 따뜻한 물을 뜨러 다녀왔다. 할머니는 물 한 모금 먹기도 힘들어하는 환자였다. 빨대가 달린 물통에 물을 넣어드려도 빨아들일 힘이 없어 옆에서 한 모금씩 입에 넣어드리고 기다리기를 반복해야 했다. 할머니에게 한 모금 넣어드리고, 할아버지에게 한 숟가락 넣어드리기를 반복했다.

중환자실 환자들은 화장실을 따로 이용할 수가 없다. 워낙 중증도가 높은 터라 기계와 약물들을 잔뜩 달고 있기에 화장실로 이동하는 것은 무리다. 화장실을 갈 수 없으니 기저귀나 간이 용변기에 용변을 보면 치우는 게 일상이다.

의식이 명료하지 못한 경우나 생명유지장치를 제거할 위험성이 있는 경우에는 보호자의 동의하에 신체보호대를 적용하기도 하는데, 움직일 수 없으니 사소한 것 하나하나 관찰하며 요구사항들을 처리해주어야 한다. 또한 움직이지 못하는 사람들은 한 자세로만 누워 있으면 욕창이 생겨 뼈까지도 드러날 수 있기 때문에 체위를 변경해주어야 한다. 정말 처음부터 끝까지 모든 것을 다 해주어야 하고 해내야 한다.

중환자실에선 1시간마다 바이털 사인을 측정한다. 몸속 산소나 혈압이 유지되지 않거나 심장박동이 이상하면 이를 빠르게 발견하고 처리해야 한다. 여기에 주치의가 낸 처치들을 시행하다보면 1시간이 정말 10분처럼 지나가기도 한다. 할일을 다 끝내고 돌아서면 바이털 사인을 체크할 시간이 다시 돌아온다.

한마디로 다시 시작이다.

골든아워를 놓치지 않기 위해 약간의 이상 징후라도 보이면 주치의에게 알리고 제때 처치하고자 노력한다. 이상 징후를 알아차리기 위해서 일이 끝나면 졸린 눈을 부릅뜨고 책을 보며 공부하는 날들도 있다. 죽어가는 사람에게 몇 시간이라도, 아니 보호자가 마음의 준비를 하고 마지막 인사를 할 수 있는 단 몇 분이라도 벌기 위해 오늘도 열심히 뛰어다니고 있다.

암흑

이브닝 근무가 끝난 후 집으로 향하는 길. 평소에 하늘 보는 것을 즐기는 나는 오늘은 별이 몇 개가 보이나, 달은 어떤 모양인가 관찰하며 손에는 군것질거리를 잔뜩 든 채 집으로 향한다.

신규 시절, 이런 어둠이 싫어 그만둘까 고민하기도 했다. 데이 근무 땐 아직 해가 뜨지 않은 깜깜한 밤에 출근하는 것이 무서웠다. 너무 어두워 사람 얼굴도 보이지 않고 형체만 보이는 시간에 출근하는 것이 위협적으로 느껴졌다.

데이 근무에만 그러겠는가. 이브닝 근무 후 퇴근할 때면 사방이 암흑으로 깔리고, 나이트 근무로 출근할 때도 세상은 어두컴컴하다. 그러한 상황에서 누군가 뒤에서 걸어오면, 무작정 의심하며 쳐다봤다. 특히 눈이 오거나 비가 오는 날엔 더 무서웠다. 빛이 없어 시각도 차단되고, 소리까지 차단되니 3분 거리의 출근길이 너무 멀게 느껴졌다.

한 달에 6~8번 있는 나이트 근무가 끝나면 집에 들어오자마자 암막커튼을 아주 단단히 치는 일부터 한다. 남들에겐 출근해야 하는 아침시간이지만 나는 잠들어야 하는 시간이다. 밤을 지새운 탓에 온몸이 누군가 짓누르는 듯 무겁고 한 발짝 걷는 것조차 힘들다. 마치 내 다리가 아닌 것 같고 다리에 무거운 추가 채워져 있는 것만 같다. 씻고 나와 침대에 누워 눈을 감고 커튼으로 만든 암흑에 익숙해지기 위해 지금은 아침이 아니라 밤이라며 스스로에게 주문을 걸며 잠이 든다.

시간이 약이라 했던가. 갈수록 그런 암흑에도 무뎌져갔다. 빛이 없는 생활이 더 익숙해졌다. 그래서인지 집에서도 환하게 불을 켜는 것보다 암막커튼을 치고 조명등을 켜고 있는 것에 편안함을 느꼈다. 많은 것들을 가려주니 더 안정감이 느껴진다고 해야 할까. 그렇게 암흑과 친구가 되어가고 있을 때쯤이었다. 데이 근무 출근길에 달과 해가 같이 떠 있는 하늘을 보니 신비롭게 느껴졌다. 그후로 출근하거나 퇴근할 때 하늘을 유심히 쳐다보는 버릇이 생겼다.

'오늘은 별도 더 많이 보이고 초승달이네.'

'와, 오늘 달 진짜 커. 보름달이야. 저 별은 왜 다른 별이랑 색

이 다를까?'

'오늘은 달에 얇은 구름이 꼈네. 와, 느낌 있다.'

퇴근할 때 밤하늘을 보는 것은 고된 하루를 정리하는 나만의 의식이 되었다. 어두운 하늘에서 달과 별이 스스로 빛을 내는 것, 또 그 작은 빛으로 세상을 비추는 것이 신기하게 느껴졌다. 어둠으로 잠재운 세상에 중요한 것들만 비추는 느낌이었다.

문득 그런 생각이 들었다. 병원은 원래 지병을 가지고 있다가 오는 사람도 있고 갑작스럽게 오게 된 사람들도 있다. 특히 중환자실은 갑작스럽게 오는 경우가 많다. 중환자실에 누워 보호자와도 같이 있지 못하고, 사회와 단절된 채 침대 밑으로는 전혀 내려오지 못하니 참 답답할 거 같다는 생각이 들었다. 죽음의 최전방에서 어두운 터널을 지나가는 느낌일 것이다. 어쩌면 의료진의 역할이란 어두운 터널에서 불빛 하나가 되어주는 것이 아닐까. 어두운 하늘에 달과 별이 빛을 내 어둠을 밝혀주듯이 우리가 할 수 있는 일은 깜깜한 곳에서 손전등을 켜고 같이 걸어가는 것이 아닐까 생각했다.

거기 누구 없어요?

중환자실에서 의식이 명료하지 않은 환자는 폭력적인 행동을 하거나 생명유지장치를 제거할 위험성이 있어 보호자에게 동의를 받고 신체보호대를 적용하는 경우가 있다. 그들에겐 두 시간에 한 번씩 의식사정을 하면서 여기가 어디인지, 나이가 몇 살인지 물어본다.

"이것 좀 풀어봐. 칼 좀 가져와!"

갑자기 한 환자가 중환자실이 떠나가라 소리를 지른다.

"여기가 어디예요?"

"여기? 성남! 이거 좀 풀어봐! 가위 좀 가져다줘!"

"지금 병원이에요. 치료받고 있어요."

"병원? 내가 병원에 왜 와. 치료 안 받아도 돼, 괜찮아!"

계속 억지를 부리며 자신이 무엇 때문에 병원에서 치료받는지에 대해서도 잘 모른다. 지속적으로 인지를 시켜줘도 인정하지 않는다. 그렇기에 신체보호대는 더 풀어줄 수가 없다. 금식중인데도 어디서 힘이 나오는지 무지막지한 힘으로 신체보호대가 끊어지기 일쑤고, 침대에서 떨어질 것 같거나 생명유지장치 제거 위험성이 있어 간호사들이 뛰어가면 눈에 보이는 대로 물건을 집어들고 위협하기도 한다.

내가 담당하던 환자 중 매일 술을 마셔 DT의 위험성이 있어 중환자실에 입실한 분이 있었다. 여기가 어디인지 오늘은 몇월 며칠인지 계절은 어느 계절인지, 대통령은 누구인지 등 묻는 질문에 정확한 대답을 하는 사람이었다. 내가 바로 앞에서 컴퓨터를 만지며 일할 때도 농담을 주고받기도 하면서 정말 잘 지냈다. 이렇게 의식이 명료한 경우에는 당장 신체보호대를 적용하기보다는 좀 지켜보다 증상이 나타났을 때 적용한다. 주사 부위나 소변줄을 만지작거려 좀 걱정되긴 했지만, 절대 빼면 안 된다고 설명하고 다시 내 일을 하느라 바빴다.

나이트 근무 전에는 저녁을 배불리 먹고 출근한다. 행여나 졸릴까봐 커피를 마시면서 일하는데, 한번은 갑자기 너무 속이 쓰려서 잠시 자리를 비웠다. 그런데 밖에서 "이거 놔! 이거 놓으라고! 여기 나가는 문이 어디야?"라며 외치는 소리가 들렸다. 뭔가 좋지 않은 상황인 듯하여 뛰쳐나가면서도 속으로는 '도대체 누구 환자지? 내 환자는 아니겠지?'라고 생각했다. 설마설마 했는데 아, 내 환자였다! 방금 전까지도 그는 의식이 아주 명료했기에 더욱 당황스러웠다.

소변줄을 넣게 되면 고정하기 위해서 카테터 끝에 풍선을 불어넣는다. 그렇기에 풍선을 빼지 않고 줄을 힘으로 빼면 안이 찢어지거나 상처를 입게 된다. 내가 환자를 봤을 땐 이미 소변줄과 주사를 다 잡아당겨 피를 뚝뚝 흘리고 있었다. 너무 당황스러운 상황이라 현장에 있었던 선생님에게 여쭤봤더니 갑자기 장치들을 다 제거하고 침대 밑으로 단숨에 내려와버려 제어할 수가 없었다고 했다.

환자는 성인 남자였고, 간호사 몇 명이 붙어도 자칫하면 맞기만 하지 제어할 수가 없었다. 병원의 청원경찰팀에 연락했고, 청원경찰팀이 오기 전까지 환자에게 아무 사고가 없도록 잘 맡고 있어야 하는 게 우리의 임무였다.

중환자실에서는 병동과는 다른 환자복을 입고 있다. 대장내시경할 때처럼 엉덩이가 뚫린 바지에 상의는 단추를 채워야 하는 옷이다. 그 환자는 바지가 허리에 걸쳐지지 않으니 한 손으로는 바지를 잡고 다른 손으로는 가까이 오지 말라며 위협했다. 간호사들이 간격을 좁혀가니 근처에 있는 문을 열고 나갔다. 중환자실은 수술실과 마주보고 있고 그 사이에 정말 많은 문들이 있다. 계단으로 향하는 문, 남자화장실, 식당, 보호자 대기실, 수술실 내 탈의실, 중환자실 내 간호사실 등 이 많은 문들 사이에서 그는 나가는 문을 찾지 못했다. 이때가 기회라고 생각했다. 그래서 환자에게 계속 말을 걸었다.

"여기가 어디예요?"

"몰라, 여기가 어딘데. 너네 나한테 왜 이러는 거야!"

한숨이 나왔다. DT 증상이 시작되었다.

"바지 입고 나가야죠. 바지 드릴게요."

"다 필요 없어! 나가는 문 어디야!"

"나가는 문이 정말 많네요. 어디로 나가야 할지 저도 모르겠어요. 바지 드릴게요."

"나가는 문이나 알려달라니깐!"

"그렇게 나가시면 다른 환자들이랑 보호자들이 놀라요. 바지 여기 드릴게요."

나는 계속 말을 걸며 시간을 벌고 있었다. 바지를 주려고 가까이 가는 순간, 그는 수술실을 향해 뛰어가버렸다. 새벽이어서 수술실 문은 자물쇠로 잠겨 있었다. 당황한 그는 손에 잡히는 아무 문고리나 잡고 문을 열고 들어갔다. 그 문에는 '수술실 여자탈의실'이라 적혀 있었다. 우리가 문을 열고 들어가려 하자 그는 안에서 문을 못 열게 꼭 잡고 있었다. 차라리 잘되었다 싶었다. 밖에서 위협하느니 잠깐만 시간을 벌면 청원경찰이 도착할 거라고 생각했다.

그런데 갑자기 문고리 싸움이 잠잠해졌다. 회복실 간호사 선생님이 창문으로 얼굴을 내밀었다. 수술실 여자탈의실이 수술실하고 바로 연결되어 있는데, 환자가 방금 불이 다 꺼진 수술실의 끝을 향해 뛰어가 계단으로 내려갔다고 했다.

그 순간 환자를 잡으려던 동료와 나는 눈이 마주쳤고, 둘 다 '아, 망했다'라는 표정을 지었다. 나는 반대편 계단으로, 동기는 환자를 따라 계단으로 내려갔다. 혹시나 하는 상황에 대비해 내려가면서 병동마다 들러 바지 뒤쪽이 트인 어떤 남자가 뛰어가는 거 못 봤냐고 물어봤고, 1층에 도달해서 동기와 마주쳤지만 우린 그를 찾지 못했다.

그렇게 온 병원을 뛰어다니다가 망연자실해 본관에 다시 도착한 순간, 다른 환자들처럼 아무렇지 않게 돌아다니지만 바지가 흘러내릴까 붙잡고 있는 맨발의 그를 보았다. 동료와 나는 시선을 마주치며 저 사람이 맞는 것 같다는 신호를 주고받았다.

가까이에 가서 붙잡으려던 찰나, 그 사람이 어디에서 난 건지 가위를 들고 내 동료를 향해 휘둘렀다. 다행히 가운을 입고 있었고 살짝 스쳤기에 긁히는 정도로 끝났지만, 하마터면 정말 큰일날 뻔한 상황이었다. 우리가 환자와 잠시 대치하고 있을 무렵

청원경찰이 도착해 마침내 붙잡을 수 있었다.

다시 환자를 데리고 중환자실로 올라와 신체보호대를 적용하고, 주사 부위를 다시 잡고, 소변줄을 넣었다. 보호자에게도 상황을 설명하고 치료를 계속 이어나갔다. 나중에 정신이 깨끗해진 후엔 기억을 못 하는 건지 기억을 안 하고 싶은 건지 모르겠지만 그는 하나도 기억하지 못했다.

이런 일들이 비일비재하게 일어나기 때문에 누군가 소리를 치면서 뭔가를 요구하는 경우엔 '의식이 명료하지 않은 사람이겠거니'라는 생각이 무의식적으로 깔리는 거 같다. 본인의 환자가 아니면 의식이 정상alert인지, 거의 정상nealy alert인지, 혼미confuse한지 정확히 알지 못한다. 그래서 '담당 간호사가 알아서 하겠지'라고 생각하며 자기 할일을 하느라 바쁘다.

평소와 같은 날이었다. "손 좀 풀어줘! 쾅쾅쾅(발로 침대 차는 소리) 칼 좀 가져와!" 하는 고성이 난무하고 있었다. 그 말과 상관없이 난 내 일을 하느라 바빴다. 시간이 훌쩍 지나 밥을 먹으러 잠시 간호사실로 들어왔다.

"거기 누구 없어요?"

"나 물 좀 줘!"

"저기요, 저 물 좀 주세요!"

"나 물 좀 주라니깐!"

외치는 소리가 들렸지만, 의식이 혼미한 사람이 많았던 터라 그런 사람이 소리를 지른다고 생각하며 그냥 밥을 먹고 있었다. 그러다 같이 식사하던 선생님이 "아, 내 환자인가?" 하고 황급히 나가보았다. 의식이 명료한 환자의 요청이었는데 워낙 의식이 혼미한 사람들 사이에 섞여 같이 말하니, 다른 간호사들은 의식이 혼미한 사람이라고 생각했던 것이다(담당 간호사가 아니면 환자의 상태와 환자가 물을 먹어도 되는지에 대해서 정확히 알지 못한다). 그래서 간호사들을 향해 소리쳤지만, 아무도 물을 가져다주지 않았다.

담당 선생님이 물을 떠다드리고 와서 식사를 마저 하며 이야기했다. "중환자실은 이게 문제야. 물 달라고 소리를 질러도 의식이 혼미한 줄 알고 가보질 않아." 그 말에 여러 가지 생각이 교차했다.

'반복되는 상황에 우리가 참 무뎌졌구나. 다 그럴 거라고 가정했구나.'

인절미 먹고 가

우리 병원은 간이식 수술을 시작한 지 얼마 되지 않았다. 그래서 간이식을 시작할 때 환자를 어디서 담당하느냐 하는 문제가 제기됐다. 병원에 ICU, CCU Coronary Care Unit, NCU Neurological Critical care Unit, EICU Electronic Intensive Care Unit 이렇게 총 4개의 중환자실이 있지만, 종합적으로 모든 과를 보는 우리 중환자실이 맡아서 환자를 보기 시작했다. 다들 처음 하기 때문에 시행착오를 겪었지만 한건 두건 늘어가면서 점점 익숙해져갔다. 많은 관심이 쏠려 있는 수술이라 실수를 줄이고자 매일 정해진 의료진이 돌아가면서 들어갔고 그렇게 환자, 보호자와의 유대관계가 쌓이기 시작했다.

간이식 수술 환자는 모든 일에 하나하나 손길이 필요했고, 처음엔 밥을 씹어먹기도 힘들어했다. 수저 들 힘도 없어 밥 한 숟가락에 반찬을 잘게잘게 만들어 입에 같이 넣어드렸다. 가래도 스스로 뱉기 힘들어 처음엔 가래를 석션해드렸고, 그후에는 입으로 밀어내는 가래를 휴지로 받아 버리기도 했다. 행여나 가래에 피가 섞였는지, 화농성인지, 냄새가 많이 나는지 눈으로 코로 확인했다. 배액관이 음압negative pressure을 걸고 있는데 양압이 계속 걸리는지, 배액량은 한 시간에 얼마나 되는지, 너무 많이 배액되면 어디선가 출혈이 일어나고 있을 수 있기 때문에 배액 양상이 피가 섞였는지bloody, 혈액성sanguineous인지, 장액성serous인지 하나하나 주의깊게 바라봤다. 너무 누워있어 근육이 굳을까 다리도 접었다 폈다 해드렸다.

가지고 있던 기계들도 하나씩 제거되고, 소리내기도 힘들어했던 사람이 "이거 좀 해줘"라고 말할 수 있게 되고, 숟가락 들 힘도 없던 사람이 밥을 혼자 먹을 수 있게 되고, 배액관 배액량도 줄어 한 개씩 제거하고, 소변이 나오지 않아 24시간 돌리던 소변기도 제거하자 라포rapport(서로 간에 형성되는 친밀감 혹은 신뢰관계)는 더욱더 두터워져갔다. 병동 갈 때쯤에는 환자를 침대 밑으로 내려오게 해 좁은 방안에서 걷는 연습을 시켰다. 그렇게 병동으로 보낸 후 잊어갈 때쯤, 퇴원까지 했었던 환자가 다시 중환자실로 입원했다.

퇴원한 지 4일 만에 소변이 나오지 않아 응급실을 통해 다시 온 것이다. 얼굴을 보자마자 "오랜만이에요!"라고 인사를 건넸다. 24시간 투석기를 다시 돌리게 되었고, 오랜 시간 중환자실에 있었던 만큼 그도 다른 환자보단 편해 보였다. 24시간 투석 치료가 끝나고 2~4시간의 투석 치료를 시작할 때쯤이었다. 인절미를 너무 먹고 싶다고 하여 보호자가 그에게 인절미를 사다 주었다. 원래는 중환자실에 외부 음식을 들이는 게 허용되는 분위기는 아니었지만, 주치의 확인 후 인절미를 먹어도 된다는 허락을 받았다. 투석 치료를 받고 있던 그는 침대 책상에 인절미를 올려두고 쳐다보고만 있었다. "왜 안 먹고 보고만 계세요?"라는 내 질문에 투석 치료가 끝나면 먹겠다고 했다. 투석 치료 중에는 피를 뺐다가 다시 집어넣기 때문에 추위를 타는 경우가 많은데 많이 추웠는지 이불을 얼굴까지 끌어올려 덮고 있었다. 할일들을 다 하고 환자 자리를 보러 찾아갔는데 그가 이불 속에서 얼굴을 쏙 내밀었다.

이불과 입 주변에 인절미 가루를 가득 묻히고 있었다. "투석 끝나고 드신다면서요." 내가 장난삼아 던진 말에 "너무 먹고 싶어서 한입 먹었어. 인절미 좀 먹고 가"라며 가루를 뚝뚝 흘리면서 인절미 한 덩어리를 내밀었다. 가루를 털어내야 하는 수고로움이 있었지만, 그 모습이 사랑스러웠다.

술 때문에 간이 망가진 사람은 간성혼수로 다시 오고 또다시 온다. 저번에도 내 환자로 왔던 환자가 또 내 환자로 왔다. 혼수 상태로 누워 있었다. 신체보호대가 적용되어 있었고 왜 여기에 자기가 이렇게 누워 있냐고 질문했다. 자기가 뭘 잘못했기에 이렇게 묶어두냐고…… 출근한 지 얼마 되지 않았고 인계를 받기 전이라 어떤 상태인지 몰라서 내 맘대로 풀어줄 수 없었다. 라운딩을 돌면서 환자의 의식수준을 사정했다.

"저 저번에 봤는데, 기억나세요?"

"응, 기억나지. 나 저기에 누워 있을 때 봤잖아."

"오, 기억하시네요? 오늘 몇월 며칠인지 아세요?"

"지금? 1980……"

"1980년도요?"

"아니아니, 2018년도! 4월 28일쯤 되었나? 내가 언제 병원에 왔는지 모르겠어."

"오늘 4월 27일이에요. 지금 어느 계절이에요?"

"지금 봄이지."

사정 후 의식이 돌아온 거 같아 신체보호대를 풀어드리며 설명했다.

"팔에는 주사 부위 가지고 있고, 저번에 중환자실 오셔서 아시죠? 침대 밑으로 내려오시면 낙상 위험 때문에 여기에 있는 간호사들 다 뛰어와요."

"알아, 나도 알아! 고마워."

그리고 나머지 환자의 라운딩을 다 돈 후 루틴 일을 하느라 정신이 없었다.

항생제를 달러 가자 그는 나에게 조심스럽게 질문했다.

"나…… 여기 어떻게 왔는지 알아?"

"아드님께서 저번처럼 혼수증상 보이시는 것 같다고 어제 모시고 오셨어요."

"내가 이번에도 그랬어? 우리 아들이 고생이 많네……"

"그러니 빨리 간이식 받고 괜찮아지셔야죠."

"그래…… 우리 아들이 고생이 참 많아…… 내가 간 수술 하고 나서 꼭 밥 한번 살게. 진짜야."

"정말요? 알겠어요! 꼭 수술 잘 받으세요."

밥을 사준다고 해서라기보다, 간이식하고 나서 괜찮아진 모습을 꼭 보고 싶었다.

꽃 한 송이

중환자실에서는 간호사들이 매 근무마다 적어도 두 번 정도는 환자의 자리를 정리해주며 욕창이 생겼나 안 생겼나 점검하고 체위변경도 해주고 더러운 곳이 있으면 닦아주고 대변을 봤으면 깨끗이 치워준다. 여느 때와 똑같이 시간이 되어 다들 하던 일을 멈추고 환자 한명 한명 자리를 보고 있었는데 어떤 환자의 배 위에 벚꽃 몇 송이가 놓여 있었다.

심장판막 수술을 하고 전신적으로 상태가 안 좋아지면서 중환자실에서 인공호흡기도 달고, 24시간 투석기도 달며 몇 달 동안 치료받은 환자였다. 중요한 기계들을 많이 달고 있어 움직임에 많은 제한이 있었고, 똑바로 누워만 있다보니 욕창도 생겼고, 몇 달 동안 제대로 씻지 못해 피부며 머리칼이며 향기로운

냄새랑은 거리가 멀어져갔다. 저녁 면회시간에는 매일같이 아들과 남편분이 와서 면회했고, 특히 남편분은 이것저것 해달라고 요청하며 지대한 관심을 보였다. 솔직히 말하자면, 할 게 정말 많은데 자꾸 이것저것 해달라고 해 번거롭게 느껴질 때도 있었다.

환자는 오랜 인공호흡기 치료로 기관절개술을 하여 목소리가 나오지 않는 상태였고, 간단한 손짓이나 눈빛으로 필요한 걸 요구하면 "다리 올려달라는 말이신가요?" "팔에 있는 베개 빼달라고요?" "더워요? 더우시면 아이스백 가져다드릴까요?" 이렇게 눈치로 알아먹고 의사소통했다.

나는 꽃을 보며 "우와, 이거 누가 가져다주셨어요?"라고 물었다. 눈빛으로 뭔가 말하는 거 같았다. "아들이요?"라는 말에 별 반응 안 하시더니 "남편이요?"라는 말에 고개를 연신 끄덕이며 환하게 웃었다. 남편분이 정말 로맨틱하다고 생각했다. 벚꽃이 만개한 아름다운 길을 지나며 아내 생각이 나 가져왔을 거라고 생각하니 '아내분을 정말 아끼시는구나'라고 느껴졌다.

원래는 병원에 꽃 같은 걸 가지고 오면 좋지 않지만 엄지손가락만한 크기 정도였고, 한편으로는 저 환자는 바깥세상이 지금 어떤 모습을 하고 있는지 정말 궁금할 텐데, 어쩌면 벚꽃 몇 송이가 바깥 풍경을 보여주고 내년엔 남편과 아들과 함께 벚꽃이 만개한 거리를 걸으리라는 희망을 줄 수도 있겠다는 생각이 들었다.

세상을 살아가는 데 사랑은 정말 필요한 존재다. 비극적인 현실을 이겨낼 수 있는 힘을 쏟아주기에. 그리고 그녀는 내 기억 속에 꽃으로 남았다.

내가 버티는 힘

'그대들이 있기에 지금의 내가 존재하지.'

이 험난한 세상에 달콤한 사탕 같은 존재들이 없었더라면, 지금의 나도 없었을 거란 생각을 한다. 처음 같은 달에 입사한 동기들은 7명이었다. 그중 2명은 한 달 만에, 1명은 석 달 만에 그만두었다. 나랑 제일 친했고 옆집에 살던 친구도 1년 만에 그만두었다. 나름의 이유들이 있었다.

신규 시절 나랑 제일 잘 맞았던 동기가 있다. 서로 성장하고자 노력하는 마음이 비슷했고, 책을 읽고 서로 추천도 해주었다. 힘들 땐 같이 울었고, 시간만 나면 붙어 있었고, 함께 이야기하면 시간 가는지도 몰랐다. 일에도 사람에도 가장 애정이 넘치던 동기. 그 동기가 신규 시절을 버티다 버티다 갑자기 그만두겠다고 했다. 다들 힘들었던 시기라, 힘들다는 말이 말 그대로 힘든 정도라고만 생각했다. 그냥 울고 훌훌 털어낼 줄 알았다.

2주 전부터 머리가 아프다던 동기는 두통에 시달려 응급실까지 가게 되었다. 어느 날은 출근하려고 집 앞 계단을 내려가는데, 그냥 굴러떨어져 다리를 다치고 싶다는 생각이 들었다고 한다. 나도 버티기 위해 동기를 너무나도 말리고 싶었지만, 말릴 수가 없었다. 자신의 생명이 위협당하고 있으니.

나라고 왜 그런 생각이 안 들었겠는가. 길 가다 그냥 죽지 않을 정도로만 차에 치이고 싶었다. 난폭해졌다. 운전할 때도 작은 일에 화가 났고, 무언가를 살 때도 직원이 조금만 불친절하면 화가 났다. 인생이 어떻게 되든 상관없다는 생각이 들었다. 이 상황을 벗어날 용기는 없고 스스로에게 실망하고 싶진 않았고, 부모님을 실망시키고 싶지도 않았다. 그래서 내가 선택한 방법은 난폭해지는 방법이었던 것 같다. 또 그렇게 행동한 나 자신에 화가 나고, 난 왜 이렇게 되어버렸나 속상해서 울고, 그렇게 스스로를 모질게 몰아세우며 버텼다.

그런데 동기가 그만둔다고 이야기했을 때 난 아무 말도 하지 못했다. 동기는 급박하게만 돌아가는 상황들이 너무 부담스럽고, 밤과 공휴일에 쉬고 싶다고 했다. 그녀는 그렇게 고향으로 돌아가 자신이 원했던 근무조건에 맞는 곳을 찾았고 지금은 그 길을 걷고 있다.

그리고 나랑 비슷한 성향을 가졌던 동기가 있다. 속상하고 화가 나는 부분은 둘 다 바로 말하는 터라 싸울 때도 많았다. 한번은 수술실에서 CPR을 하며 온 환자를 처치하는데 동기는 E-튜브를 고정해야 했고, 난 승압제를 달아야 했다. 한 명의 환자에 여러 사람이 모여 있다보니 처치할 공간이 부족해 다툼이 생겼다. 그렇게 서로 할일을 하다가 다투기도 했지만 서로 어떤 마음인지 알기에 금방 풀렸다. 싸운 만큼 정이 많이 든 동기다. 그녀도 일을 하다보니 스트레스로 자신의 건강이 위협받자 그만두었다. 처음엔 공무원 시험과 공기업 입사를 준비하던 그녀는 몇 개월이 지난 후 임상이 생각나면서 병원일을 다시 하고 싶어졌다고 했다. 그렇게 그녀는 임상으로 다시 돌아왔고 지금은 병원의 최전방인 내과 중환자실에서 묵묵히 자신의 길을 헤쳐나가고 있다.

시간이 지나 경력직도 들어오면서 새로 온 경력직 선생님과 친해져 둘도 없는 친구 사이가 되었다. 쉬는 날, 잠깐이라도 시간이 맞으면 맨날 붙어 있었다. 두 시간을 볼 수 있으면 그 두 시간 동안 맛있는 것을 먹으며 이야기하느라 바빴고, 일 끝나고 영화도 보러 가고 치킨도 먹으면서 앞으로는 어떻게 살아야 할지 같이 고민했다. 그러던 그녀도 병원에서 마음을 다치다보니, 간호사라는 직업은 좋은데 한국에서는 시스템상 너무 힘드니 외국으로 떠나고 싶다고 했다. 그렇게 그녀도 해외 간호사로 일하기 위해 공부하고자 병원을 그만두었고 지금은 외국으로 나갈 준비를 하고 있다.

그리고 지금까지 나와 함께 잘 버텨주고 있는 동기도 있다. 나보다 먼저 『신규 간호사 안내서』라는 책을 쓴 노은지 작가이다. 나를 책 쓰기로 이끌어준 동기이다. 독서모임에도 데려가주었고 글쓰다 막히는 부분에 대해 같이 고민하기도 했다. 실은 동기들 중에서는 가장 친하지 않았던 동기다.

신규 시절 나는 그녀가 뭔가 거리를 두는 듯한 느낌이 들었다. 성향 자체도 완전히 다르다. 난 '아닌 건 아니고 맞는 건 맞지'라고 생각하고 바로 행동으로 옮기는 성향이지만, 동기는 조심스러워하며 부딪치는 것보단 부드럽게 돌아가는 성향이다. 그러다보니 초반에는 친하지 않았다. 나중에 동기의 말을 들어보니 신규 때는 워낙 서로 힘드니까 '힘들다, 못 하겠다'라는 말을 들으면 자신도 같이 무너질 것 같아 일부러 동기들과 만나지 않으려 했다고 한다.

지나보니 그랬다. 힘든데 거기다가 힘들다고 하소연까지 하면 서로 침몰해버리는 것이니 차라리 거리를 둔 그녀가 옳았을지도 모른다. 그렇게 많던 동기를 떠나보내고 둘만 남다보니 서로 의지하는 것도 많아지고, 오해했던 부분들에 대해서 솔직히 터놓고 이야기하게 되면서 지금은 서로가 서로의 가장 큰 버팀목이 되었다. 노은지 작가는 내가 더 성장하게끔 자극을 주는 친구이기도 하다.

한번은 노은지 작가가 여행을 다녀온 뒤 근무에 복귀할 무렵이었다. 그날 난 근무중이었고 이브닝 근무를 연속으로 하고 있었다. 그녀가 여행지에서 스쿠터를 타다가 트럭에 스치는 사고를 겪었고, 귀국 비행기를 타지 못하고 병원으로 가야 할 것 같다는 전화가 왔다. 그다음날 그녀의 이브닝 근무를 누군가가 대체해줘야 했는데, 대체할 만한 사람이 없었다. 다른 사람들은 장기오프인 상황이어서 어떻게 해야 하나 고민하던 수선생님에게 그날 하루 오프였던 내가 그냥 하겠다고 했다.

그렇게 하루 더 근무하고 다음날 늦잠을 잔 다음 일어나 밥을 먹고 있던 찰나에 수선생님에게 전화가 왔다. 동기가 일하러 왔는데 일을 못 할 거 같다, 혼자 집에 못 갈 거 같으니 집에 좀 데려다주라는 것이었다. 항상 묵묵히 자신의 일을 해오던 동기가 갑자기 일하지 못할 정도라고 하니, 상황이 심각한 것 같아 한걸음에 병원으로 뛰어갔다.

문을 열고 마주한 동기는 이미 패닉 상태였다. 그간 그냥 모르는 척 마음에 꾹꾹 눌러 담아두었던 스트레스까지 다 터져버린 것이었다. 도저히 일을 하고 싶지 않고, 이게 다 무슨 의미가 있는지 모르겠다고 우는 그녀에게 난 해줄 수 있는 게 아무것도 없었다.

괜찮다고, 다 지나간다고, 어디 하나 부러지지 않고 어디 하나 다치지 않은 게 정말 기적이니 감사하자고, 네가 말하지 않았으니 이렇게까지 힘든 줄 아무도 몰랐을 거라고 서운히 생각하지 말라고 그녀를 달랬다. 그렇게 그녀는 한참을 울더니 점차 안정을 찾아갔다.

한 번의 위기는 누구나 있지만 그럴 때마다 가장 힘이 되었던 그녀들. 내 곁에 묵묵히 있어주어 감사합니다.

에필로그

미워한다, 사랑한다

이 책을 쓰기 전까지 내가 이 직업을 정말 싫어하는 줄 알았다. 난 간호사가 되고 싶다는 꿈을 갖고 간호사가 된 것이 아니었다. 중학생 때부터 아빠가 아프면서 가세가 기울기 시작했고, 빨리 취업하고 싶었다. 집에서 일찍 독립하는 게 부모님을 도와드리는 거라고 생각했다. 고등학교를 졸업할 시점에 간호학과에 서류를 냈고 합격했다. 대학생활은 정말 만만치 않았다. 부모님께 손 벌리지 않고 대학을 다니고 싶었던 나는 알바를 하면서 학교생활을 했고 3~4학년에 올라가서는 실습 때문에 정신이 없었다. 하루는 친구들과 실습이 끝난 후 병원 근처의 대학교에 가서 그 학교 학생인 것처럼 돌아다닌 적도 있다. 그저 평범한 대학생활을 즐기고 싶었다.

그렇게 졸업하고 대학병원에 입사했다. 한 번도 보지 못하고, 실습해보지도 못한 중환자실에서 일하게 되었다. 전부 낯설기만 했다. 우리집도 제대로 안 치우고 외출하지 않는 날엔 세수도 잘 안 하는데, 누군가의 얼굴을 닦아주고 면도해주고 대소변을 치워줘야 했다. 그들의 손과 발이 되어야만 했고, 체위변경을 할 땐 너무 무겁기만 했다. 행여나 CPR이 터져 심장마사지를 하고 나면 손이 덜덜 떨렸고, 화장실 한 번 가기 어려울 정도로 바빴다. 계속 종종거리며 뛰어다녔더니 다리는 터질 것만 같았다.

또 관계자 외에는 들어올 수 없는 좁은 공간에서 선생님들 그리고 의식 없는 사람들과 있으려니 말할 상대가 없어 답답했다. 적응하는 게 너무 어려워 수선생님에게도 여기서 일 못하겠다고, 너무 안 맞는 것 같다고 고민을 털어놨다. 간호사가 싫은 건지 부서가 안 맞는 건지 모르겠으니 일단 병동으로 옮겨가서 일할 기회를 한번 주면 안 되냐고 부서이동 신청만 여덟 번을 할 정도였다. 중환자실에 일할 사람이 너무 없고, 하필 수기 차팅에서 EMR로 시스템이 변경돼 적응하는 기간이어서 부서이동은 되지 않았다. 그렇게 3년이 흘렀다. 흐르는 시간 동안 정말 많이 울었고, 많이 아팠고, 그만두고 싶었던 적이 셀 수도 없이 많다. '3년만 하고 바로 그만둬야지, 그만두고 나서 임상간호에는 발을 안 들여야지'라고 되뇌며 임상에서 정이 떨어지길 기도했다. 정이 떨어져 '다시 임상에 돌아와야지'라는 생각조차

들지 않게.

처음에는 입사해서 3년 버티는 것이 목표였다. 3년 정도 일해야 다른 곳에서 경력을 인정받는 것도 사실이지만, 스스로와의 약속이었다. 3년만 하고 딱 그만두고 재충전하면서 내가 앞으로는 무엇을 하며 살아야 하나 고민하겠다는 게 내 계획이었다.

책을 준비하면서 그 시간을 되돌아보니 일에 지쳐 임상 간호사를 증오했지만, 어쩌면 정말 사랑해서 이렇게 글을 써봐야겠다는 마음이 들지 않았나 하는 생각이 든다. 여전히 일하면서 내가 몰랐던 나의 모습에 당황하기도 하고 좌절하기도 하고 실망하기도 하지만, 성장할 수 있음에 감사하다. 잔잔한 파도였다면 아마 몰랐을 것이다. 아니, 생각이란 걸 따로 하지 않고 살았을지도 모른다. 그냥 주어지면 주어진 대로 그저 그렇게 물 흐르듯이 살았을 것이다. 성난 파도에 맞서 살아나고자 헤엄치며 견디다보니 인생은 무엇인가, 나는 누구인가, 내가 진정 원하는 건 무엇인가, 내 가치관은 어떤 것인가에 대해 진지하게 생각할 수 있었다. 한 번 사는 인생 하고 싶은 거 원 없이 하면서 살고 싶어서.

또 간호사들이 옛날 사람들처럼 수동적으로 일하고 수동적으로 생각하는 것이 아니라 자신의 목소리를 내고 자신의 자리를 지켜냈으면, 많은 일들에 휩쓸리며 자신을 잃지 않았으면 하는 마음에 부족한 글이지만 욕심을 냈다. 다들 잘 성장해서 간호계가 지금처럼 물에 물 탄 듯 술에 술 탄 듯 흘러가지만은 않길 바라면서. 간호사라는 직업에 애정이 없었다면 이렇게까지 하지는 않았을 것이다.

다들 배우고 성장하면서 자신의 자리를 굳건히 지켰으면 좋겠다. 더 나아가 자기 목소리를 낼 수 있는 강한 사람들이 되었으면 좋겠다.

무너지지 말고 무뎌지지도 말고.

무너지지 말고
무뎌지지도 말고

무너지지 말고 무뎌지지도 말고

생과 사의 경계, 중환자실 간호사로 산다는 것

1판 1쇄 2020년 1월 2일
1판 6쇄 2022년 11월 30일

지은이 이라윤

기획 이연실 | **책임편집** 정현경 | **편집** 이연실
디자인 신선아
마케팅 정민호 이숙재 박치우 한민아 이민경 안남영 왕지경 김수현 정경주
브랜딩 함유지 함근아 김희숙 고보미 박민재 박진희 정승민
제작 강신은 김동욱 임현식 | **제작처** 한영문화사

펴낸곳 (주)문학동네 | **펴낸이** 김소영
출판등록 1993년 10월 22일 제2003-000045호
주소 10881 경기도 파주시 회동길 210
전자우편 editor@munhak.com | **대표전화** 031)955-8888 | **팩스** 031)955-8855
문의전화 031)955-2689(마케팅) 031)955-3571(편집)
문학동네카페 http://cafe.naver.com/mhdn | **트위터** @munhakdongne
북클럽문학동네 http://bookclubmunhak.com | **인스타그램** @munhakdongne

ISBN 978-89-546-6024-2 03810

www.munhak.com